AF209550

Till minne av mina föräldrar Mandi, Veikko

och min farmor Aina

Madeleine Finlöf

Aina

En berättelse om starka kvinnor vid ryska gränsen

Förord

Gårdarna där min mor och far växte upp ligger i Kuusamo i norra Finland bara några kilometer från gränsen till Ryssland. På andra sidan Ronttisjön sträcker sig Ronttivaara. Där breder gårdarna ut i rad som i ett pärlband. De flesta familjerna runt sjön heter Rontti i efternamn, ett gammalt samiskt namn. Pappas släkt hade varit bosatta på platsen i flera hundra år.

En del av karaktärerna och händelserna i min bok är fingerade men boken är till stor del verklighetsbaserad. Jag har ändrat namnen på en del personer till respekt för deras levande släktingar. Historierna har min mor och far berättat. Hennes önskan var att jag skulle skriva en bok som baserades på berättelserna. Tyvärr gick hon bort 2011 och jag bestämde mig att skriva boken själv. Jag har alltid varit nyfiken om var vi kommer ifrån och om det stämmer att vi är släkt med Sveriges kung Gustaf Vasa. Har vi verkligen sameblod? Varför lämnade mina föräldrar Finland? Dessa frågor och flera till vill jag gärna ha svar på. Jag vet att det här har format mig till en viss del men samtidigt har jag en inneboende styrka och drivkraft och jag vill gärna veta varifrån den styrkan kommer. Jag ser styrkan även i min dotter.

För att få en bättre förståelse läste jag på om Finlands historia. Innan Finland blev självständigt tillhörde de Ryssland i hundra år och blev kuvade att följa Rysslands regler vilket har satt djupa spår i den finska befolkningen. Männen tvingades fullfölja militärtjänstgöring i Ryssland och många flydde till Sverige. Barnen tvingades att växa upp fort och de fick även hjälpa till med det hårda arbetet på en gård vilket inte var helt ofarligt. Barnens framtid var ofta utstakade och många skaffade sig en stor familj och blev bönder precis som sina förfäder. Det var oftast den äldsta sonen som ärvde gården. De yngre fick fortsätta att arbeta på gården mot lön och husrum eller flytta till städerna för att ta ett arbete inom industrin oftast med usla arbetsvillkor och låg lön. Lönen räckte knappt till att mätta en stor familj. På en gård livnärde man sig på skogsnäring, odling, jakt, fiske, renskötsel, kor och grisar. Många familjer var fattiga och utarmade efter alla åren under Rysslands styre och efter alla krig. Finland har upplevt många krig genom historien och stundtals var det jobbigt för mig att hålla isär de olika krigen. Finländarna hade även tappat hoppet om en trygg framtid för sina barn. I samband med första världskriget blir Finland till slut självständigt. Men strax efteråt bröt ett blodigt inbördeskrig ut mellan finländarna som delades upp i "de röda" och "De vita". "De röda" var socialister och befann sig i södra delen av Finland och influerades av Rysslands idéer. "De vita" var borgare som oftast tillhörde de välbeställda bönderna. De flesta var finländera. Idag är det svårt att förstå att ett brödrafolk kunde hata varandra. Kriget var mycket blodigt och "de vita" vann till slut efter några månaders krig med ofattbart många dödsoffer som följd. Många röda hamnade i fångläger där de dog av svält eller sjukdom under vidriga förhållanden. Ättlingar till "de röda" är fortfarande traumatiserade av kriget. De vill ha svar på vad som egentligen hände och det här håller man på att utreda än idag. Hur kunde det gå så långt att finländare dödade varandra?

Finland hamnade återigen i krig 1939, "finska vinterkriget". Ryssland startade oprovocerat kriget. Finland står sig starkt men Ryssland vinner till slut och Finland förlorade stora landområden i Karelen. I ett försök att ta tillbaka förlorad land förklarade Finland tillsammans med Tyskland krig, "fortsättningskriget", mot Ryssland under andra världskriget, sommaren 1941. Tyskland och nazismen kapitulerade till slut 1944 och Finland går med på Rysslands villkor. Ett av villkoren var att tyskarna skulle drivas ut från Finland under "Lapplandskriget". Konsekvenserna blev hårda med många döda finländare. Tyskarna brände ner gårdar när de drog sig tillbaka till

Nordnorge genom Finland. Även Lampela verkar ha bränts ner men återbyggs någon gång under 50–60 talet.

Under 1800-talet bildas en kristen rörelse kallad "Laestadiadrörelsen". Väckelserörelsen spred sig snabbt över Nordkalotten. Detta innebar förbud mot dans, sång och alkohol. Bland samerna innebar rörelsen en ändrad livsstil främst gällande alkoholkonsumtionen som var ovanligt hög. Anhängarna skulle även be syndernas förlåtelse varje dag och gå på gudstjänst regelbundet. Gudstjänsterna varade oftast i flera timmar. Många laestadianer gifte sig unga och fick många barn. Barnkullar på över tio barn var inte ovanligt.

Många finländare i norr har samiskt påbrå. Deras förfäder hade levt på renskötsel och bott i kåtor upp i fjällen eller i skogen, skogssamerna. Jag har samiska rötter, skogssamer, på både min fars och mors sida. Samerna livnärde sig inte enbart på renar utan även som bönder.

1

Käylä, 1938

Det stack till flera gånger i ansiktet. Som små nålstick. Pojken kikade med ögonen. De var helt tårögda. Han försökte febrilt se någonting längre fram.

"Aj!"

Det sved till igen. Han andades häftigt och log. Han skrattade till av förtjusning när han flög över ett gupp på marken. Kinderna var alldeles rödfrusna av kylan. Men det märke han knappt av. Han var alldeles för exalterad av den höga farten. Han försökte se lite längre bort. Men det var helt svart. Som en vägg. Snön vräkte ner allt mer. Snöflingorna dansade runt honom. Flingorna växte sig allt större och han fick allt svårare att se framåt. Det gick väldigt fort. Han skriker. Högt. Men inte av skräck. Hela kroppen var fokuserad på farten som han hade fått upp. Det gick allt fortare. Det fanns inte en människa i närheten utan han var helt i klorna på vildmarken och sjön närmade sig allt fortare.

"Veikko, Veikko? Var är du?" ropade flickan högt ännu en gång.

Hon tittade runt med stora ögon. Hon sprang i huset. Ropade. Men inget svar. Svetten rann i pannan och hon kände sig uppgiven. Paniken kröp sig på.

"Var kan han vara? Att han alltid ska försvinna så fort man vänder ryggen till." Det sved till i ögonen. Hon snyftade högt. Kinderna var blöta av tårar.

Hon skakade allt mer. Men nu av ilska. Hon hade lovat sin mor att passa honom. Det var hennes jobb. Mor hade inte tid. Tid var en bristvara. Så enkelt. Bara passa honom. Han var bara fyra år. Så liten. Hon torkade av svetten på pannan med ena ärmen och suckade ännu en gång. Hon kände sig uppgiven. Hon letade vidare i sina föräldrars sovrum. Ingen pojk.

Sen sprang hon ut på den stora gårdsplanen och kisade ut i mörkret. Stora, vita flingor föll ner kraftigt mot henne och snödrivorna gick nästan upp till midjan på henne. Hon blinkade några gånger i ett försök att få bort snöflingorna som hade fastnat i ögonfransarna. Där! Hon tittade på de små fotavtrycken i snön men de höll på att försvinna allt mer. Snart skulle spåren vara helt borta. Hon måste agera fort. Hon sprang in i den stora ladan men även där var det tomt. Hon kände kalla kårar längst hela ryggraden. Hon visste inte varför. Något otäckt måste ha hänt i ladan. Hon hade frågat sina föräldrar men de hade bara tittat på henne och sagt att hon inbillar sig bara och skrattat åt henne och tyckt att hon har en alltför livlig fantasi. Själv tog hon det på allvar. Litade på sina känslor men visste att hon måste vara tyst om sin förmåga. Ingen skulle förstå. Bara tro att hon är lite knasig. Hon skakade på huvudet och fokuserade med full kraft på att leta efter sin bror.

"Att han alltid ska hitta på sattyg" tänkte hon, nu allt argare. Hon tittade på den enorma vedhögen. Vedklamparna låg fint staplade på varandra. Ved. Så viktigt. Utan ved skulle de frysa ihjäl. På nolltid. Hon såg inte sin pappa där. Han var antagligen ute i skogen och arbetade. Mamma Aina hade gått över till granngården för att fika med storebror Paavo. Huset låg på andra sidan landsvägen och det tog bara någon minut att gå dit. Benjam var på väg hem från skolan. På skidor i snöovädret.

Pojken hade börjat huttra. Hans ögon såg stora och rädda ut. Han tittade oroligt framåt. Han snyftade till och snor rann runt näsan. En del hade frusit sig fast i ansiktet. Han torkade bort snoret med sin ena vante. Han tog ner fötterna. Försiktigt. Sen tryckte han till mot backen. Ingenting händer. Skorna bara glider mot det isiga underlaget. Han trycker allt hårdare med fötterna. Det fungerade bättre. Farten sjunker något. Pojken ler men leendet försvinner snabbt. Han ser den stora svarta sjön. Han ryser och håller krampaktigt i kälken. Han sätter ner fötterna igen. En sista gång.

"Äiti" skriker han högt.

Sjön öppnade upp sig som gapet hos ett monster. Mörkt och ondskefullt. Redo att sluka sitt byte helt och ta med den i djupet. Han ser sin mor och far och sina älskade syskon. Han ser Elvi, sin syster, alltid med ett leende på läpparna. "Jag har ingen chans" tänker han när kälken fortsätter att glida på istäcket och sen blir allt helt tyst.

Elvi ser sig runt i ladan. Mängder av redskap ligger utspridda i ladan. Oordning som vanligt. Hon letade en stund till. Något stämmer inte. Hon stelnar till. Kälken är borta!

"Nej, dumma lilla unge! Vad tänker han med egentligen!"

Nu måste hon agera. Hon springer ut igen. Bestämt. Nu återstår bara sjön. Hon springer med stora steg. För varje steg sjönk benen ner ett par decimeter i snön. Svetten sipprade fram i pannan på henne. Det blev allt tyngre och tyngre. Stövlarna sög sig fast i den djupa snön. Som om någon höll i hennes ben och vägrade släppa. Längre fram var det mindre drivsnö. Snön brukade blåsa bort av den kraftiga vinden. Det skulle bli lättare. Hon sprang bredvid backen. Mycket lättare nu. Hon svalde och kände blodsmak i munnen. Sen gick det allt långsammare. Så varm och trött. Hon stannade upp. Tog några djupa andetag. Försökte vila lite. Hon tog av sig kappan och mössan och slängde iväg dem. Det var bitande kallt. Men hon kände ingenting utan blev istället piggare av kylan. Den svalkade. Det kändes skönt. Varje sekund var viktig nu. Hon får inte ge upp.

"Veikko" skrek hon.

Det värkte till i lungorna. Av kylan och av språngmarschen. Lönlöst. Snöstormen dränkte allt ljud. Vinden ven om öronen och ögonen blev helt tårfyllda av den piskande vinden. Håret föll ner framför ögonen. Skymde sikten. Hon såg bara någon meter framåt sen var det som en vit vägg av piskande snö. Hon tänkte. Hemska tankar. Hennes bror kanske log i vattnet och kämpade för sitt liv eller hade han gett upp och låg i sjöns mörka botten? Hon rös. Hon måste hinna fram i tid. Om han lever så ska hon aldrig lämna honom ensam igen, inte ens för en sekund. Hon tänkte tillbaka på det stora sjöodjuret mamma tjatade om jämt när de var nere och badade i sjön på somrarna.

"Akta er för att gå ut för djupt. Då kommer sjökon och tar er! Han kommer dra er ner i djupet. brukade hon säga med en låg och allvarlig röst.

Många barn har försvunnit när de har gett sig ut för långt ut i sjön. Myten om sjökon skulle skrämma folk eftersom många barn och även vuxna för den delen inte var simkunniga. Den här skrönan hade gått vidare i generationer i Kuusamo. Barnen rös till vid tanken och brukade hålla sig nära strandkanten när de skulle bada. De kunde nästan känna hur något försökte ta tag om deras fötter för att dra ner dom i det mörka hemska djupet. Sjön var grumlig och full med gamla förtvinade grenar och barnens livliga fantasi kunde få grenarna att se ut som ett hemskt sjöodjur. De skulle försvinna ljudlöst på ett ögonblick och ingen skulle veta var de hade tagit vägen. Barnen brukade ställa sig på händerna på sjöbotten och sprattla med benen allt var de kunde och det skvätte ordentligt runt om. Det kunde skrämma iväg annalkande sjömonster. "

Hon rycktes tillbaka från det otäcka minnet. Hon ser bara is överallt och snöfallet ökade allt mer. Hon kisade med ögonen. Hon snyftade hela tiden och hon andades allt häftigare för varje steg hon tog. Hon kände sig trött. Vill bara lägga sig

13

ner. Ge upp. Hon kände sig arg. "Han får skylla sig själv" men ångrade snabbt sin tanke. Hon skämdes. Hon skymtade en mörk fläck på isen. Hoppet kom tillbaka. Fläcken är bara någon meter ifrån sjökanten. Fläcken är liten och när hon kommer närmare ser hon konturerna av sin bror. "Han lever!". Hon ökade farten allt mer. Aldrig hade hon känt en sådan glädje. Snöflingorna hade lagt sig som ett tunt, skyddande täcke på honom. Hon spanade runt men kälken såg hon inte skymten av. Den log antagligen på sjöns botten vid det här laget. Hon var lycklig. Han hade klarat sig från att svepas med ner i den kalla sjön. Att hamna i sjön hade inneburit en snabb död. Elvi blev alldeles varm i kroppen och tårarna rann längs kinderna medan hon rusade fram till pojken och slängde sig bredvid honom i ett försök att skydda honom.

"Dummer! Vad har du gjort! Våga aldrig springa iväg igen. Hör du det" utbrister hon högt i ett försök att låta arg men hennes varma leende säger något helt annat. "Och inte har du någon mössa på dig i den här kylan." Hon rufsar till honom i håret. "Kom så går vi hem innan mor och far upptäcker vad du har gjort", sa hon skrattande.

Veikko tittade på henne med stora ögon och ett leende spred sig på läpparna. Han skakade av sig all snön och räckte fram sin hand mot Elvi som drog upp han lekande lätt.

"Det gick jättefort" utbrast han och skrattade högt. "Du skulle ha varit med. Men säg inget till mor och far. Lova." Han tittade på henne med en vädjande blick.

Hur skulle hon kunna säga nej till de ögonen.

"Ja, ja bara för den här gången då! Men du gör inte om det igen för då kommer jag säga det till far. Och du vet vad som händer då." Hon försökte se allvarlig ut men flinade till slut.

Veikko tittade på henne med förskräckta ögon.

Det här hade hon sagt många gånger förr. "Snart skulle han bli allvarligt skadad den här pojken om han inte lugnade ner sig. Hon kanske ska berätta för sina föräldrar." Men hon tvekade. Om hon berättade skulle deras far bli alldeles ursinnig. Hon minns de gånger han bestraffade Veikko. Det han gjorde var oförglömligt. Elvi hade sett allt i smyg. Hon hade inte trott sina ögon först. Hon hade smugit sig fram till dörren och kikat in genom dörren som stod på glänt. Hon var livrädd för att dörren skulle knirra till när hon öppnade den lite mer. Pekkeri var ursinnig och högröd i ansiktet. En svart hårlock hade ramlat ner framför hans ögon. Hon hade det svarta bältet i sin hand. Han hade virat den några varv runt handen. Ögonen såg helt svarta ut. Hon ryggade tillbaka. Obegripligt. Är det där min pappa? Hon kände inte igen honom och hon gillade inte alls den här sidan av honom. Pekkeri tittade på Veikko. Han pressade till slut ut orden.

"Böj dig över sängen!"

Veikko tittade på honom med rädda ögon. Tårarna rann längs kinderna. Han darrade på underläppen. Elvi led med honom. Det högg till i hennes hjärta. Hon kände hur en tår rann längst ena kinden. Den letade sig vidare ner över hakan för att slutligen trilla ner på hennes knä. Pekkeri verkade inte medveten om sonens tårar. Veikko lydde sin far och lutade sig över sängen med det slitna överkastet. Mor hade bäddat sängen omsorgsfullt. Han tittade på blommorna på överkastet och försökte fokusera sig på en. Det fungerade inte. Han blundade hårt istället och Elvi höll andan. Far svingade skärpet och slog till. Hon ryckte till av rappet och blundade hårt. Hon höll för öronen. Hon hatade det där ljudet. Veikko skrek till. Inte av smärta utan mer som en reflex. Hon kände Veikkos smärta och sen andades hon ut. Av lättnad. Han hade slått ganska lätt med skärpet även den här gången. Hon visste att han bara gjorde det en gång. Hon drog ett djupt andetag och smög sig tillbaka till sin säng. Tyst. Om far kom på henne kunde även hon bli bestraffad. Hon kommer ihåg att Veikko hade varit ledsen i flera dagar och var helt otröstlig. Ärren efter bestraffningen var dock osynliga men de fanns där i själen. För resten av livet. Hon tröstade honom och till slut var han som vanlig igen. Elvi hade klarat sig hittills men alla bröderna hade blivit bestraffade för olika pojkstreck genom åren. Hon minns speciellt en händelse med Benjam, hennes tre år yngre bror.

"Benjam stod vid fönstret och kikade ut på gårdsplanen. Solen stod högt på himmelen och det var varmt i vårsolen. Han kisade för solen som sken in genom rutan. Fönstret var alldeles smutsigt efter en lång vinter. På gårdsplanen låg en enorm hög med ved som skulle in i ladan och staplas snyggt och prydligt. Ett jobb som var tungt och tidskrävande. Han fick syn på sin kusin Jouni. Benjam sken upp. Han beundrade sin kusin. Äntligen händer det nått. Han var ganska uttråkad om dagarna. Han springer ut med snabba steg. Han snubblar till gång på gång när han springer längs den ojämna gårdsplanen.

"Jouni jag vill hjälpa till! Kan jag inte det?"

Jouni lutar mot staketet och tittar med ett litet leende på pojken. Han svarar inte direkt utan tänker en lång stund. Till slut svarar han släpande.

"Ok men se till att stapla snyggt! Jag vill inte se en endaste vedpinne som ligger fel. Fattar du det?" Han sneglade allvarligt på Benjam. Benjamin tittade på honom med stora ögon. Sen skrattade han till och rufsade om han i håret.

"Självklart får du det min favoritkusin. Jag bara skojar med dig."

Benjam såg upp till sin kusin som var femton år. Han var tuff och dessutom hade han cigaretter på sig. Han tänkte att om han hjälpte till kunde han få en cigarett och se lika tuff ut. Jouni hade även berättat att han fick öl av sin far för diverse jobb han utförde. Det var riktigt imponerande. De slet i flera timmar med veden. Den tidiga vårsolen värmde inte längre och kylan kom åter tillbaka. Benjam huttrade lite. Jouni dunkade han på ryggen.

"Det räcker nu!" Han kände på Benjams armar och flinade. "Du är en riktig muskelknutte snart. Om du jobbar så här hårt kommer ingen våga ge sig på dig."

Benjamin sken upp som en sol och kände sig stolt. Jouni grävde i fickan och fick upp cigarettpaketen. Han lirkade fram en cigarett. Han sneglade på Benjam och stannade upp. Tvekade. Sen skrattade han och gav cigaretten till Benjam. Han stoppade även en cigarett i sin egen mun och tände den med en tändsticka. Han blundade och tog ett djupt halsbloss och lutade sig tillbaka och blåste ut röken. Det bildades små ringar. Så där tuff vill jag också se ut tänkte. Han lutade sig tillbaka, försökte se lite nonchalant ut och drog in första blosset. Han drog sakta ner röken i lungorna. Han brukade bara ta munbloss men tänkte vara lika tuff som Jouni. Han kände ett stort tryck i bröstet. Som om något tar stopp. Han kan inte hålla sig och hostade högt. Efter en stund känner han sig vimmelkantig och illamående. Han börjar även bli kallsvettig och hela pannan blir våt. "Måste lägga mig ner lite" tänkte han. I ögonvrån ser han hur Jouni springer iväg. Han ser ett välbekant ansikte ovanför. Han stelnade till. Pappa står där och han ser inte glad ut.

Han rycker upp Benjam från marken och släpar in honom in mot sovrummet. Benjam gråter hela vägen. Sen får han sig en omgång med skärpet. Efteråt får han sig även en utskällning.

"Om jag ser dig röka igen vet du vad som väntar dig. Hör du det!"

"Ja far" fick Benjam fram till slut med låg röst. "Jag ska aldrig mer röka far."

Efter det var Benjam tyst i en hel vecka. Pappa pratade inte med honom under den tiden och bara det var ett hårt straff. Aina hatade när Pekkeri blev arg och högljudd och bestraffade deras barn. Hon brukade även undanhålla information om deras olika pojkstreck för att skydda dem. Trots att hon inte gillade en del av upptågen trodde hon mer på att man skulle visa kärlek till sina barn och prata dem till rätta i stället."

Elvi suckade. Veikko borde lära sig någon gång men det här var bara ett av hans vanliga hyss. Typiskt honom att alltid kasta sig in i dessa små upptåg. Elvi funderade om det var ett släktdrag när de pulsade i snön bort till det gröna lilla huset. Hon kände sig rädd och tittade sig runt omkring med stora ögon. De var helt själva. Två små barn. De skulle vara ett lätt byte för en vargflock. Senast i förrgår hade de sett spår av varg vid närheten av gården alldeles vid slaktavfallet efter en ren. Vargen hade snott till sig rester av renslakten. Far var orolig och skulle gå ut och försöka spåra upp den och skjuta ner den. Bara vädret lugnade ner sig. Förutom varg fanns det även järv och björn. Fast björnen låg i ide under vintern och skulle inte komma fram förrän till våren. Då kunde även den bli närgången och försöka komma åt lite slaktavfall för att äta upp sig efter den långa vintern. Men en björn med en unge kunde bli farlig och var inte att leka med. Elvi ökar farten och Veikko snubblar till och märker av systerns oro. Han håller tyst och försöker hålla samma tempo.

2

Aina inser att hon måste hem snart. Hon måste förbereda middagen. Deras fikastunder varje vecka var ett trevligt avbrott. Hon behöver dem. Vardagen kändes mycket lättare. De pratade om sina barn, makar och om det senaste skvallret i byn. Kajsa visste allt. Hon hade öron och ögon överallt verkade det som. Det var skvaller om kommande giftermål, dödsfall och dop och till och med skilsmässor. Kajsa var hennes närmaste väninna. Nästa gård låg över en kilometer bort och det kunde ta en stund att nå på vintern när snön låg flera meter hög. Närmaste byn Käylä låg fem kilometer bort. I byn fanns det en liten speceriaffär, skola, kyrka och en bank. Vid älven log en välkänd danslokal. På restaurangen som var öppen på vardagarna serverades det soppa med potatis och kött med lite grovt bröd till.

Ibland kunde hon inte slita sig från fikastunderna med Kajsa. Hon hade alltid något spännande att berätta. Hennes mun gick i ett och hon var mitt i en lång mening när Aina avbröt henne abrupt. Kajsa stirrade på henne med öppen mun. Det såg komiskt ut. Aina hade en förmåga att avbryta utan att ursäkta sig. Hon måste. Annars skulle hon sitta där alldeles för länge.

Hon sveper om sig den stora mörka sjalen och reser sig upp.

"Ska du redan gå? "

"Du får berätta resten imorgon. Jag vill gärna höra slutet på din berättelse men middagen väntar! Pekka kommer inte att bli glad om maten inte är färdig när han kommer hem."

"Han borde vara lite glad någon gång", sa hon högt men Aina var redan utanför dörren och hörde inte det sista. Kajsa tyckte att Pekkeri var för allvarlig och kunde gott visa ett bättre humör. Måste man vara gravallvarlig jämt? Det är väl bättre att vara glad istället. Det är nog med elände som det är i livet ändå. Hon tänkte på sin egen man som alltid hade ett leende och som gärna drog ett skämt för att lätta på stämningen. Hon kände lite oro för Aina.

Aina skyndade sig över vägen. Det snöade häftigt. Hoppas barnen är hemma. Hon ökade takten. Hon öppnade ytterdörren. Snön yrde in och flingor landade på hallmattan. Hon stängde snabbt igen dörren. Hon andades ut. Av lättnad. Där står Elvi och Veikko. De skrattar och håller på och förbereder middagen och allt verkade som vanligt i stugan. Doften från köttgrytan som puttrade på spisen spred sig i hela stugan. Aina märkte ingenting av Veikkos tidigare vansinnesfärd med kälken. Barnen tittade på varandra och Veikko kvävde tyst ett skratt med handen.

"Vad är det med er" frågade hon när hon hängde upp sin kappa.

"Ingenting. Vi skrattade bara åt ett skämt."

Aina tittade lite misstänksamt på dem. Sen skakade hon bara på huvudet, tar tag i en slev och hjälper sina barn med middagen.

Kylan från Ryssland håller den lilla byn Käylä i ett järngrepp. Pekkeri håller liv i den öppna spisen i storstugan, rummet där alla i familjen håller till under vintern. I rummet är det härligt varmt och det sprakar hemtrevligt från brasan. Kaffekokaren puttrar över elden och en härlig doft sprider sig i hela huset. Pekkeri sitter i den slitna fåtöljen och röker på sin pipa. Det är helg och barnen sitter hopkrupna i soffan med det fina lapptäcket Aina hade virkat med stor möda. Den är virkad i en beigegul färg och har tagit en evighet. Hon hade tänkt att den ska gå i arv i många generationer. Benjam, Paavo, Olli, Juhani och Veikko var djupt försjunkna i sina böcker. Aina kammade omsorgsfullt Elvis hår och flätade det i två långa, prydliga flätor. Elvi älskade det. Så här kunde de sitta i timtal utan att säga ett ord till varandra. Ord kändes överflödiga. Elvi nynnade på en låt och ritade under tiden. Elvi hostar till högt. Sen hostar hon till ytterligare några gånger. Hon tittar på sin mamma med stora ögon.

"Det gör ont säger hon ynkligt." Ögonen ser blanka och febriga ut.

Hon känner på hennes panna och tittar oroligt på henne. Den är varm. "Inte nu igen".

"Vi får nog åka till läkaren i byn. Det blir nog bra ska du se."

Men Aina känner oro. De måste göra något. Snart. Hon hade hostat i flera månader och det hade bara blivit värre. Läkaren hade undersökt henne tidigare. Han hade bara sagt att hon får vila och att det snart går över. Hon tittade försiktigt på sin käre man.

"Vi får nog ta lite av våra sparpengar till läkarbesöket", sa hon tyst. Hon väntade på en reaktion. Ibland tog det flera minuter.

Pekkeri hade djupa veck i pannan. Till slut svarade han.

"Självklart. Hon måste bli frisk snart. Hon har haft den där hostan länge nu och den verkar inte ge med sig."

Aina vet att sparpengarna är deras startkapital till företaget. Deras dröm. Pekkeri och Aina hade stora planer på att öppna ett åkeri. Men det krävs kapital. De tänker sälja en del av skogen för att kunna genomföra sin dröm och lämna livet som skogsbönder. De tillhörde de mer välbeställda skogsbönderna men utan pengar skulle det bli svårt att investera.

Hostan hade förvärrats och på morgonen åker Aina och Elvi häst och vagn till den privata läkaren i Käylä. Hon tittar på sin dotter och det hugger till i henne hjärta. Hon ser att hon lider. Stackare. Hon ber en bön. Måtte det inte vara något allvarligt. Inne på mottagningen är det vitt och sterilt och de sitter ensamma i ett litet väntrum.

Det doftar rent. Aina kramar Elvis lilla hand. Lite för hårt. Till slut kommer läkaren ut och ropar in dem.

"Varsågod och sätt dig. Ta av dig på överkroppen så ska jag lyssna lite på dig", säger han och pekar på britsen.

Han lyssnar noga i stetoskopen och ber Elvi ta några djupa andetag. Hoppas, hoppas tänker Aina. Hon blundar. Gode gud låt min flicka vara frisk. Gode gud. Efter en lång stund släpper han stetoskopen och tittar på Elvi med ett leende och sen vänder han sig mot hennes mor och säger allvarligt med en nästan viskande röst.

"Tyvärr visar våra undersökningar att tösen har fått tuberkulos."

Aina stirrar på honom. Gode gud. Inte det. Nej.

"Jag vill att hon ska vila sig och äta de här tabletterna morgon och kväll. Hon får nog stanna hemma från skolan i några månader för att vila sig ordentligt. Sen får ni se till att hon dagligen får frisk luft för sina lungor. Det gör henne bara gott."

Hans blick är uppmuntrande men både läkaren och Aina vet att det inte finns något botemedel mot tuberkulos. Sjukdomen är mycket dödlig och skördade tusentals liv varje år i hela Europa. Aina försöker dölja sina riktiga känslor. Hon ler lite lätt men helst vill hon bara skrika rakt ut och gråta. Men nu gäller det att vara stark inför Elvi.

"Mauno. Jag ska ta hand om henne så gott det går. Tack för all hjälp" mumlar hon fram.

Hon hörde knappt vad hon sa utan kände bara att läpparna rörde sig. Automatiskt. Hon försökte le mot Mauno men leendet blev till en grimas. Hon kände sig alldeles frusen av beskedet. Tankarna rusade. Hur kommer Pekkeri reagera? Hon kramade Elvis lilla hand. Flickan log tillbaka. Hon förstår inte hur allvarlig diagnosen är. Detta energiknippe. Så ovetande. Kanske kan hennes positiva sätt hjälpa henne att bli frisk. Gode gud. Gör henne frisk igen. Hon måste vara stark för henne nu. Måste.

Pekkeri tittade på Aina helt chockad när hon framförde läkarens dom.

"Nej inte min lilla flicka!"

Han tittade på henne frågande. Som att hon ljög.

"Nej det är inte sant!" Han fortsatte att stirra på henne. Anklagande.

"Varför?"

Han tog sakta in hennes ord. Till slut kom tårarna. Aina tog honom i sin famn. De grät länge. Tillsammans.

Hans ögonsten. Hela familjen hade varit lyckliga när hon föddes. Hon var liten men ett glatt och energiskt barn. Han var så klart besviken att det inte blev en pojke men han skulle se till att ingenting skulle fattas henne. Flickan var även ovanligt självständig och snabblärd. Hon lärde sig sysslorna på gården fortare än någon av hans söner och hon var speciellt duktig i skolan där hon fick högsta betyg i alla ämnen. Han skulle se till att hon fick en fin utbildning, kanske till sjuksköterska eller varför inte en läkare. Han skakade på huvudet. Han slet upp ytterdörren. Lite mer än nödvändigt. Gick ut i vintermörkret med bestämda steg mot bastun. Han brydde sig inte om att ta på sig vare sig jackan eller mössan. Han öppnade ilsket luckan till kaminen och slängde in ved och tände på. Han skakade om händerna, svettades och kände sig helt svimfärdig. Till slut tog sig elden. Han slog igen luckan med full kraft. Han tar några klunkar ur flaskan. Väntade. Efter en stund kom lugnet. Så satt han en lång stund. Insjunken i sina tankar. Nu kände han den behagliga värmen. Han drar av sig sina kläder med stor möda. Kroppen är muskulös efter allt arbete på gården. Han hade några ärr på armen och på överkroppen. Han stirrade ut i tomma intet med tom blick. Slänger skopa efter skopa med vatten på stenarna. Ångan gör att det blir nästan outhärdligt varmt när den sprider sig i bastun. Men den känns lugnande. Tröstande.

Han tänker på allt som har hänt. Släktingar och barn som hade dött. Krigen. All sorg. Den syns i ögonen. Den sätter spår. Han har sett dem som gått bort allt för tidigt. Det ständiga slitet på gården. Se till att familjen fick mat på bordet. Varje dag. Vad som än händer så skulle det alltid finnas mat på bordet. Vad som än händer. Det var det viktigaste. Annars skulle de gå under.

Timmarna gick. Han frös lite. Värmen hade börjat avta. Han torkade sig frenetiskt med handduken. Skönt. Sen sitter han bara där på bänken, i omklädningsrummet, och bara stirrar ut i intet. Han älskade tystnaden. Han fokusera blicken på kvisthålen i väggen och drömde sig bort. Allt mer. Den bästa tiden på dygnet. När alla sover och han kan sjunka in djupt i sina tankar.

Till slut tog han på sig kläderna, långsamt och slarvigt, brydde sig inte att knäppa byxorna, och pulsade ut i snön över gårdsplanen förbi brunnen till huset. Han tittade upp mot himmelen. Det var stjärnklart och bitande kallt. Det blixtrade till i himmelen av ett stjärnfall och det knarrade i snön för varje fotsteg. Han stannade upp och stirrade. Förundrades över skådespelet. De är nära. Stjärnorna. Inom räckhåll. "Kära mamma om du finns där uppe. Se till att skydda mina barn och min fru" bad han inombords. Det bildades stora moln av hans andedräkt. Hans näsborrar frös fast lite och det var svårt att andas in den iskalla luften. Han skakade på huvudet och smög tyst in i storstugan. Han stannade till. Lyssnade. Det var knäppt tyst. Veden glöder i spisen. Han lägger tyst in mer ved i brasan. Den får inte slockna. Den måste matas dygnet runt. Annars skulle de frysa ihjäl.

Han tittade runt i det stora rummet. Väggarna är av timmer och allt är väldigt enkelt men rejält. Mitt i rummet står ett rejält bord i hyvlad trä med långa bänkar där alla i familjen får plats. Trät är slitet och bär spår efter tidigare generationer. Men det är vackert med sin patina. I ena hörnet står spinnrocken där Aina spinner garn av ull på dagarna. Några familjefoton inramade med svart ram hänger på väggen. Alla blickar tillbaka med allvarlig blick. Nästan anklagande. De hade på sig sina finaste kläder och var prydligt uppradade framför det gröna huset. Aina hade på sig sin samedräkt och Pekkeri sin svarta kostym. Alla pojkarna hade svarta byxor och en ren, vit och välstruken skjorta och Elvi hade på sig sin finaste klänning, en blåvit randig, med två långa prydliga flätor som ramade in hennes näpna ansikte. Det var högtidligt att bli fotograferad och då gällde det att se fin ut. Det massiva trägolvet täcktes av flera trasmattor Aina hade vävt i den stora vävstolen. De var randiga i blått, vitt och rött som var hennes älsklingsfärger. Katten följde honom med blicken. Sen gäspade han och fortsatte att sova. Han satte sig tungt i favoritfåtöljen och tittade in i brasan. Hans tankar gick till pojkarna. Han fick lite ont i bröstet, av dåligt samvete. Han vill egentligen inte. Förstår inte varför. Slagen med skärpet. Slagen han hade fått av sin far som liten. Vill inte. Men han kände sig rädd. Rädd att pojkarna skulle bli okontrollerbara som vuxna. Pojkarna i släkten var olydiga. Även han. De måste kontrolleras tidigt och lära sig att lyda. Han suckade tungt. Efter en stund somnade han framför den varma brasan.

Pekkeri smög sig in i sovrummet tidigt på morgonen och somnade tungt med kläderna på, helt utmattad. Aina vaknade av hans snarkningar och tittade på honom när han sov. Han såg sliten ut och hon kände spritdoften. Hon rynkade på näsan. Han jobbade hårt på dagarna och det ungdomliga och oskuldsfulla uttrycket hade börjat försvinna. Till en början märkte hon inte förändringarna men de senaste åren hade de kommit allt mer. Nu var han grå vid tinningarna, hade djupa veck i pannan och såg sträng ut med sina svarta glasögonbågar. Han var kortvuxen men väldigt stark. En råstyrka man får efter många år av hårt jobb på gården och i skogen sen barnsben. Han var väldigt sträng i sin uppfostran precis som hans egen far hade varit mot honom. Efter jobbet gick han direkt till sängen för att ta sig en tupplur. Han lekte aldrig med barnen. Orkade inte. Inte ens när han var ledig utan den biten fick Aina ta hand om men oftast lekte barnen med varandra. Aina fick då andrum eftersom hon ändå hade tillräckligt med sysslor som måste göras. Hon fick hjälp av Elvi. Hennes kära dotter. Att passa sina småsyskon. Det var hennes viktigaste arbetsuppgift. Alla på en gård hade sysslor. Även barnen. Hon tänkte på dagen då hon träffade sin man för första gången. Hon låg åt minnet.

"Det var högsommar och varmt ute. Ainas mor Ulrika sprang runt i huset och städade inför årets släktkalas. De skulle bli närmare femtio personer från de närmast gårdarna. Aina hade tagit på sig sin finaste klänning. Hon tittade sig i spegeln. Det var en rödrutig långklänning som gick ner till vaderna. Ärmarna hade stora puffärmar. Hon log mot sin egen spegelbild. Hennes hår var flätad i två långa flätor. Hon sprang ner till köket. Hennes mor granskade henne med allvarlig blick från topp till tå. Till slut kommer ett stort leende och man kan ana en liten tår i ögonvrån.

"Du är vacker min dotter. Kanske är det dags att du hittar en trevlig man" sa hon och skrattade. Aina rodnade.

"Det kommer en del pojkar i din ålder" sa hon och rättade till kragen på Ainas klänning.

Aina suckade.

"Behöver du hjälp med något" frågade hon och låtsades att hon inte hade hört sin mors ord.

Hon visste att hon hade kommit upp i en ålder då hon kunde bli bortgift. Hennes föräldrar kunde inte försörja henne för all framtid. De var en stor familj och hennes föräldrar hade nog med munnar att mätta med sina åtta barn varav tre systrar som måste giftas bort. Aina var inte ett dugg intresserad av att gifta sig. Hon hade många drömmar hon gärna ville uppfylla. Men när skulle hon ha tid med det? Kanske om hon gifter sig med en man och sen uppfyller sina drömmar? Hon suckade.

Till lunchen strömmade gästerna in. Vissa var uppklädda till tänderna och andra mindre välbeställda släktingar hade på sig enkel vardagsklädsel. Inne i storstugan hade de dukat upp ett långbord med kaffe, kaka och tårta. Alla var glada och barnen lekte högljutt när de sprang och jagade varandra. Ibland röt någon till dem för att lugna ner dem men efter en stund var det full aktivitet igen.

Aina stod och betraktade spektaklet. Det var varmt ute och hon satt i den stora vita trägungan. Den stod välplacerad i skuggan under ett stort träd. Hon tog en liten klunk av den iskalla bålen. Hon kände den friska smaken av olika bär, blundade och njöt. Humlorna surrade i rabatten och ljudet var sövande. Hon blir klarvaken. Det var någon som skymde solen. En man stod och betraktade henne lugnt med en eftertänksam blick. Han var stilig i sina svarta byxor och vita skjorta med uppkavlade ärmar. Han var brunbränd och håret var vattenkammat. De hade träffats några gånger tidigare när de var små. Nu var han vuxen. Hans blick var intensiv och hon visste att han var fåordig. Hon kände att hon drunknade i hans ögon. De sa inte ett ord. En ung man kommer springande.

"Där är du Pekka! Kom nu. Vi går och hämtar lite dricka!"

Pekkeri tittade på henne och sen på ynglingen.

"Trevligt att träffas" sa han till Aina och log stort. Sen gick männen skrattande iväg.

Dagen efter träffade hon på honom på en av sina dagliga promenader. Han hoppade av sin häst och band honom vid staketet. Sen vände han sig om och gick fram till henne med bestämda steg. Han ställde sig precis framför henne. Så nära. Hon fick nästan ta ett steg bakåt. Men hon stod kvar. Hon kände hans parfym. Det doftade underbart. Han tog tag med båda händerna om hennes huvud. Tittade henne djupt i ögonen och ner mot munnen. Sen kysste han henne. Länge. Hon kände instinktivt att det här var mannen i hennes liv. Nu fanns ingen återvändo. Han var den rätta för henne.

Hon kommer ihåg dagen när hon nämnde Pekkeri för sin mor. Hon hade stelnat till.

"Är han verkligen den rätta för dig?" Hon tittade på henne med stora ögon.

"Ja det är han. Han är helt underbar" svarade Aina. Hon log stort mot mor.

Det gick inte att gå miste om att flickan var förälskad.

Aina fortsatte. "Han kommer att ärva efter sina föräldrar som äldste sonen mor. Han är ett gott parti för mig. Jag älskar honom och det är det viktigaste för mig. Nu slipper du att försörja mig och vi kommer att bo på andra sidan sjön. Nära er"

Ulrika skakade på huvudet. Aina var envis och om hon hade bestämt sig för något var det svårt att övertala henne. Huvudsaken är att hon blir lycklig tänkte hon. Hon visste att hennes dotter kunde få en mer välbärgad man och en tryggare framtid. Hon hade bjudit in flera ynglingar till gårdsfesterna men hennes dotter hade knappt lagt märke till dem. När den flickan hade bestämt sig fanns det ingenting som kunde få henne att ändra sig. Hon styrdes tyvärr för mycket av sina känslor.

Ainas föräldrar hade till slut accepterat Pekkeri och de gifte sig ganska hastigt och flyttade in till Lampela. Kort därefter kom även barnen till världen. Ulrika slappnade av efter ett tag. Det unga paret arbetade hårt på gården och hon såg att de var lyckliga. Hon avundades deras lycka. Det var äkta kärlek. En kärlek hon aldrig hade fått uppleva. Hennes kärlek till sin man hade växt fram efter tid. Hon fick en tår i ögonvrån när hon såg dem tillsammans. Visserligen fick hon hjälpa dem med barnen och sticka till dem lite mat eller pengar men de blev allt mer självständiga med åren."

Aina tittade åter på sin man. De hade verkligen vuxit ihop genom åren. De var tillsammans på gården varje dag. År ut och år in. Det är riktig kärlek tänkte hon. Kärlek som håller och står emot allt. Vad som än händer. Inte som den första förälskelsen som när de träffades. Den hade försvunnit för länge sen. Likaså skönheten. Båda var lika flyktiga. Kanske tog de varandra för givet? För henne var även det en trygghet. Att kunna visa sig svag eller ha dåliga dagar. För att åter bli förlåten eller kunna förlåta.

Aina var till skillnad mot Pekkeri försiktig av sig. Hon pratade väldigt tyst med en behaglig, lätt knarrande röst. Även hon var kortvuxen och hade alldagliga drag, ett runt ansikte och blåa ögon. Hon såg vänlig ut och hade alltid ett litet leende på läpparna. Alltid positiv. Det är som att det måste finnas någon i familjen som är optimistisk och tror på framtiden. Som aldrig tappade hoppet. Speciellt i tunga stunder. För att hjälpa dem andra i familjen vidare. Det långa mörka håret var alltid uppsatt i en knut. Hon hade ärvt en del av de samiska dragen som fanns i släkten. Hon var även väldigt tyst av sig men under blygseln gömde sig ett knivstarkt intellekt. Hon hade sinne för affärer. Även det ett drag från hennes släkt som i flera generationer tillbaka hade drivit stora företag.

Aina hade börjat känna sig sliten på den senaste tiden och allt fler gråa hår hade börjat dyka upp. Det runda ansiktet hade redan börjat få rynkor och de ungdomliga dragen hade börjat försvinna allt mer med åren. Hon hade även blivit rundare och såg mycket äldre ut än de trettiosex år hon precis hade fyllt. Hon gick klädd i huckle och en långklänning med ett förkläde hela dagarna. På högtider kunde hon även ta på sig sin samiska folkdräkt. Den var välgjord och dyr och var det finaste hon ägde.

Hon var djupt kristen och hade vuxit upp i en laestadiansk familj. Det här formade Aina tidigt och hon lärde sig att följa rörelsens regler hårt. Men det fanns även drömmar om att göra något mer i livet. Hon drömde ibland om att resa ut i den stora världen och se något mera än bara den lilla byn Käylä. Bort från kylan och framför allt till varmare breddgrader. Hennes man var inte lika äventyrlig av sig och delade inte hennes drömmar. Han trivdes i sitt hem och i Kuusamo och kunde inte förstå varför man skulle flänga runt i världen. Han var typen som kände sig trygg i sin hemmiljö. Han älskade naturen i Kuusamo med midnattssolen och även polarnätterna med norrsken och skulle aldrig kunna flytta därifrån. Han kunde inte tänka sig att byta yrke heller. Han älskade friheten gården gav honom. Att själv kunna planera och styra sitt arbete och vara sin egen herre. Han skulle aldrig tåla ett varmt klimat. Det skulle bli svårt att sova om nätterna och det skulle finnas människor precis överallt. Han var heller inte nyfiken på andra kulturer utan gillade det enkla livet på landet helt enkelt.

3

Aina hade smugit sig upp tidigt på morgonen. Det var fortfarande mörkt denna söndagsmorgon och kylan hade dem i sitt grepp. Hon stoppade in mer ved i brasan. De övriga i familjen sover fortfarande och det är endast sprakandet från brasan som hörs och sprider sin sköna värme. Då och då smäller det till och det flyger ut en liten glödande bit som hamnar på plåten som ligger framför eldstaden. Hon sitter djupt försjunken i tankar i det lilla köket och dricker morgonkaffet ur en liten spröd kaffekopp. Hon lägger i en ostbit i kaffet och sörplar sen högljutt i sig kaffet. Dessa tidiga mornar var den bästa stunden på dagen. Nu brukade hon planera sina sysslor för dagen. Efter frukosten skulle korna mjölkas. Snart skulle gröten förberedas som består av mannagryn med mjölk till. Till det serverades även "Rieska", ett finskt rågbröd, med en rejäl klick smör på. Brödet var energirikt och höll dem mätta i flera timmar, vilket var viktigt, speciellt på vintern. I golvet hade de en lucka. Lite dold. Under den låg det en stor tunna som var en halv meter hög och nästan lika bred. En jordkällare. I tunnan förvarade de maten. Där nere i marken var det evig tjäle och temperaturen höll fyra grader även under sommarens varmaste dagar. Självklart hade de även en större jordkällare på gården där de förvarade grönsaker, potatis, bär och renkött.

Aina tänkte på de äldre i hennes släkt och sin mor och far. De var alltid allvarliga och tysta. Som om de grubblade på något. Hon såg sällan ett leende. Som barn och ungdomar hade de skrattat och gråtit. Lekt. När slutade de? Hon kunde inte förstå. Varje gång någon i släkten gick bort reagerade de med en likgiltig och tom blick. Som om de hade gett upp och bara stängde av känslorna. Hon kunde inte förstå det. Hon hatade det. Den tomma blicken. Hon skulle aldrig bli som dem. Hon skulle gråta och känna.

Hon vågade inte tänka tanken. På döden. Om något hände hennes familj. Hon skulle lägga sig ner och bara gråta. Hon skulle inte överleva. De var hennes luft, hennes liv.

Alpo den minsta sonen som precis hade fyllt två år ligger i sin spjälsäng i det stora rummet och sover. Det är ovanligt länge för att vara Alpo. Han brukade vakna till samtidigt som Aina, pigg och glad, för att leka med sina bilar på morgonkvisten. Han hade varit sängliggande i någon vecka med huvudvärk och feber som inte vill ge med sig. Aina kände en gnagande känsla över sina sjuka barn och det tyngde hennes hjärta. Gud prövar henne tänkte hon. Han måste ha något syfte med det här. Hon orkade inte. Försökte tänka på något trevligare. Hon gav katten lite mjölk sen smyger hon fram till pojkens säng. Det knarrade till. Hon gick tystare. Vill inte väcka. Vill vara själv. En liten stund till. Hon ler när hon ser sitt barn. Så vacker. Leendet försvinner snabbt och hon blir orolig när hon ser ansiktet. Han ser lite blek ut i sitt lilla näpna ansikte med den blonda kalufsen som ramar in ansiktet.

"Alpo" säger hon och skakar lite lätt för att väcka honom.

Inget händer.

"Lilla gubben!" säger hon och skakar nu lite kraftigare på honom. Inget tecken på liv. Inget leende. Ingenting.

Hon tar honom i handen och den är helt iskall. Den är inte varm som den brukar vara. Bara isande kall. Hon släpper handen och ryggar tillbaka. Något iskallt kommer över henne och hon fattar inte varför han inte vaknar. Hon sliter bort täcket. Så liten han ser ut där han ligger, alldeles orörlig. Hon vill bara krama om honom. Han ser ut som en docka med sina fina drag och med sin fina, rutiga pyjamas i grönt och blått som han hade fått i julklapp. Hon tar upp honom försiktigt. Som att hon inte vill väcka honom. Men han hänger helt livlös i hennes famn. Så tung. En enorm fasa griper tag i Aina när

43

hon kramar honom. Hon blundar hårt. Får inte gråta. Får inte. Hon försöker skrika. Inget händer. Munnen lyder inte. Hon släpper ner honom. Långsamt. Chocken släpper. Hennes ögon spärras upp. Hon kippar efter andan och skriker sen rakt ut.

"Pekkeri" Sen faller hon ner på golvet med Alpo i sina armar.

Den lilla pojken var borta. Död. Nej, nej. Aina var helt förkrossad och grät nu helt öppet. Hon klappade sin sons huvud. Borrade in sitt ansikte i hans. Tunga steg hörs. Bestämda. Pekkeri kommer in. Håret står på ända och han ser helt sömndrucken ut.

"Vad är det" ryter han till. Han låter arg. "Du vet att jag behöver sova för att orka jobba". Han gnuggade sig i ögonen.

Synen han möts av är helt overklig. En syn som kommer förfölja honom för resten av livet. Den livlösa sonen i sin älskades armar. Han rusar fram. Han tittar på henne frågande. Men hon är inte där. Han tar varsamt pojken i sin famn. Aina vill inte. Stretar emot. Han lirkar bort hennes fingrar. Till slut släpper hon honom. Han tittar på sonen. Han säger något. Nästan viskande.

"Alpo."

När han trodde att det värsta hade hänt så händer detta. Han drar försiktigt sin fru till sin famn och försöker trösta henne så gott det går men hon var helt borta av sorg och förtvivlan. Där ligger de ihop. Länge.

Han lägger Alpo varsamt tillbaka i sängen. Bäddar ner honom under ett täcke. Han lirkar försiktigt med de små händerna. Lägger dem på täcket. Han känner ingenting. Inte en tår. Han har stängt av och kan inte ta in något mer. Pekkeris ansiktet är stelt och uttryckslöst. Han gör korstecknet och mumlar något. Han hoppas att pojken är på ett bättre ställe nu. Han tittar på Aina som även hon ber i tysthet. Hon är helt rödgråten i ansiktet. Svullen. Sorgen i huset över att mista sitt barn gick att ta på och det skulle ta lång tid innan allt blev normalt igen. Om det nu någonsin blev som vanligt igen.

Det visade sig att Alpo hade fått en hjärnhinneinflammation och dött av komplikationerna av den fruktade sjukdomen. En sjukdom som var obotlig och kunde leda till döden.

Aina tittade ner på Alpos tomma säng och hennes hjärta kändes lika tomt. De hade varit på Alpos begravning. Hon tog upp kudden. Hon tryckte sitt ansikte mot det, blundade och drog in hans doft. Hon vill höra hans skratt. Få känna en sista gång. När hon till slut släpper kudden är den helt fuktig av alla tårar. Hon måste få bort allt som påminner om honom. Hon måste, för att orka med allt. Hon torkade bort en sista tår. Hon skulle aldrig fälla en tår igen. Aldrig någonsin. Hon skulle sluta att känna. Det gjorde för ont. Bara överleva. Ett tag till. Hon förstod nu. Långsamt, långsamt byggdes en mur hos henne som ett skydd mot den fruktansvärda smärtan och sorgen. Nästa gång skulle hon vara beredd.

4

Käylä, 1939

Aina diskade omsorgsfullt kaffekoppen. Hon ställde den på diskstället och torkade sen av bänken. Hon njöt av morgonstunden och av musiken som strömmade från radion. En kvinnlig sångare framförde en visa med en ljus och vacker stämma. Hon satte sig tillrätta i den slitna fåtöljen med en kopp nykokt kaffe och lutade sig nöjt tillbaka. Musiken i radion bryts av nyheterna. Aina lyssnar. En manlig röst tillkännager att Sovjet hade anfallit Helsingfors denna novemberdag och finska vinterkriget var ett faktum. Hon flämtade till. Hon orkar inte.

Pekkeri ser dyster och trött ut när han inser att han måste rycka ut. Han kramar om Aina hårt och borrar in ansiktet i hennes hår. Risken fanns att Finland skulle tillfalla Ryssland igen om de förlorade kriget. Då skulle de bli tvungna att lämna gården och fly till Sverige eller till och med till USA.

Inom några dagar blir han inkallad och Aina skulle vara ensam på gården med barnen. Pekkeri står i hallen i sin gröna soldatuniform och packar bestämt väskan. Han utstrålar pondus i sin uniform med kortklippt, bakåtkammat hår och med blanka, välputsade svarta stövlar. Han tittar på Aina. Hennes ögon bär spår av sömnlösa nätter av oro. Oro för kriget och för sin familj. Han förstår henne. Han känner själv oro. Att vägra skulle innebära fängelse. Han suckade tyst inom sig. Ryck upp dig tänkte han. Han måste visa sig stark för sin fru. Annars skulle hon tappa hoppet. Han rättar till kragen ännu en gång. Nervöst. Ögonen är spända och han ser tankfull ut. Han kände sig rädd. Efter en stund känner han sig nöjd och vänder sig mot sin fru. Hon är vacker. Han sveper in henne kärleksfullt i sin famn.

"Min älskade. Jag älskar dig och barnen över allt annat. Glöm aldrig det!"

Aina tittar djupt in i Pekkeris gröna ögon. De ser sorgliga ut. Som att han redan saknade dem.

Han smekte henne längs kinden och viskade ömt.

"Var stark och ta hand om barnen." Han harklade sig. "Om jag inte kommer tillbaka." Han stannade upp i meningen. Tog ett djupt andetag. "Lova mig att du försöker starta företaget själv?"

Hon tittade på honom lite argt.

"Du kommer tillbaka! Våga inget annat! Vi klarar oss inte utan dig. Det vet du." Hon höll tillbaka tårarna som var på väg.

Hon strök bort en lock av det mörka håret som föll ner på Pekkas panna. Hennes ögon var kärleksfulla. Hon kände hans styrka och trygghet när han var i närheten. En trygghet hon och barnen kommer att sakna. Pekkeri lyfter upp hennes lilla haka, tittar in i ögonen och kysser henne ömt. Han släpper henne till slut. Barnen står på rad och tittar på dem, tysta. Han kramar sina barn en efter en. Jussi, den minsta pojken vill inte släppa taget. Aina drar till slut pojken ur hans famn. Pekkeri kastar en sista blick på dem. Sen går han bestämt ut till bilen som väntar på honom. Snabbt. Rädd att han skulle ångra sig. Det högg till i hans bröst av smärta. En sorg över att behöva lämna dem mot sin vilja. Han hatade känslan av att inte kunna skydda dem när han var borta. Tänk om det värsta skulle hända. Vem skulle ta hand om dem då? Skulle en ny man ta över gården? Han rös vid tanken och slog bort den. Pekkeri hade sagt till grannarna att titta till dem. Pojkarna tittade efter pappa med stora ögon och förstår nog inte riktigt vad som händer. Aina känner hur tårarna tränger sig på när hon inser hur ensam hon kommer bli här med barnen. Hon har sin granne, Kajsa och hennes man Kalle, som hon alltid kan fråga om hjälp. Men om det händer något allvarligt hade hon väldigt långt till samhället. "Var stark nu och sluta vara barnslig. Jag kommer lösa problemen när de kommer."

I det vita landskapet kunde man inte ana någonting. En rörelse. Knappt märkbar. Den vitklädda soldaten smälter in i landskapet och är så gott som osynlig i sin vita uniform. Han står blixtstilla och spejar ut över den öppna dalen med en kikare och vakar en mindre väg som går genom landskapet. Mannen rycker till och tittar noggrannare i kikaren. Han fokuserar. Först ser han bara små grå prickar på långt håll, som små myror, men efter en stund ser han ryssarna och de är på väg direkt mot honom. Han spänner ihop käkarna. Ser koncentrerad ut. De har inte upptäckt honom ännu.

"Perkele" säger han tyst.

Är de galna tänker han förvånat. De måste ha ett helvete att ta sig fram. Han såg inga pansarvagnar. Sen får han bråttom annars riskerar han att röja sig själv. Han stoppar ner kikaren och glider iväg på sina skidor. Tyst. Han åker vant i den besvärliga terrängen. Det går snabbt och lätt i snön och han känner till omgivningarna. Alltför väl. Terrängen är mycket svår och det kommer bli besvärligt för ryssarna. Han ler stort. De ska allt få sig en stor överraskning tänkte han. Han håller ett högt tempo och inom några kilometer skymtar han sitt läger. Han skyndar sig att ta av sig sina skidor och springer in i det största tältet. Den rymde ett tjugotal soldater. Soldaterna spelade kort och rengjorde sina vapen. En del log i sängarna och läste eller rökte på en cigarett.

"Ryssen kommer" skriker han allt vad han kan.

Alla stannade upp och tittade förvånat på honom. Halvt chockade. Som om orden inte riktigt gick in. I nästa sekund drog de på sig sina uniformer och vapen. Det gällde att mobilisera sig snabbt och varje sekund räknades. Tysta gled soldaterna fram på snön på sina skidor. Efter en stund hittade de ett perfekt gömställe vid en kulle där de kunde vänta in ryssarna. Det skulle bli en lång, kall natt. Pekkeri tog en näve snö och stoppade in det i munnen. Det här hindrade att det skulle bildas iskristaller när de andades ut och kunde avslöja deras närvaro. Det fick absolut inte hända. De var tysta och helt stilla en stund. Det verkade inte finnas några ryssar i närheten och de kunde slappna av igen. Männen spottade ut den iskalla snön.

Pekkeri sneglade på sina vänner och den yngsta, Jouni, som bara var nitton år. Hans ögon var nervösa och han flackade med blicken. Pekkeri log mot honom. För att lugna. Annars skulle han bli ett lätt offer. De måste hålla sig skärpta. Pojken log tillbaka. Han var gift och hade en nyfödd son. Familjen behöver honom och Pekkeri skulle göra allt för att han skulle komma hem levande. Alla soldaterna var rädda och på sin vakt. Men de var beredda att stoppa inkräktarna de hade framför sig. Beredda att försvara sitt land, sina familjer. De hade byggt upp ett hat. Hatet skulle hjälpa dem. De skulle göra allt för att stoppa ryssarna från att nå Rovaniemi men de visste att de var i underläge.

Pekkeri ser de första ryssarna i sin kikare. Alla tittade på varandra. Spända. Beredda på anfall. Ryssarna ryckte framåt i den djupa snön. Vissa gick till fots. De skulle bli ett lätt offer tänkte han. Han sneglade mot sina vänner och de nickade gillande mot varandra. Ryssarna bar olivgröna sommaruniformer och många saknade riktiga vinterkängor. Ryssarna stannade upp. Pekkeri gör ett tecken och de gömmer sig och är helt tysta. Hade de blivit upptäckta? Tiden gick. Varje minut kändes som en timma. Han kände svetten rinna på ryggen. De hörde lågmält samtal på nära håll. Ryssarna gjorde upp lägereld och spände upp tälten. Pekkeri funderade. De tänker tydligen övernatta för att anfalla imorgon bitti.

Pekkeris kompani ligger kvar tysta. De måste avvakta. Tiden gick. Nu var det helt mörkt och det enda som gav en gnutta ljus var en gnistrande stjärnhimmel som lyste upp snön och ett magiskt grönblått norrsken som stäckte sig majestätiskt över himlavalvet. Kylan gick ner ytterligare några grader. Nu är det närmare fyrtiofem minusgrader. Varje andetag var smärtsam. Näsborrarna frös ihop och kläderna kändes stela i kölden. Han kände kylan ända in i märgen. De kan inte vänta mycket längre till. Vissa av männen huttrade redan. De skulle snart bli tvungna att anfalla. Snart. Men då måste ryssen gå och lägga sig. Han lyssnade spänt. Nu hördes lite rop och skratt på håll. De var berusade. Så mycket bättre. Ännu en fördel för dem tänkte han och log mot sina vänner. Det skulle bli lätt. Alltför lätt. Men nu måste de vänta. En liten stund till. Då kommer tecknet. Deras befäl, Olli viftar med handen framåt. Alla skärper till sig. De glider tysta nerför kullen i vinternatten. Nu gäller det. Inom några minuter når de fram till ryssarnas läger. Det främsta ledet av soldater avlossar sina första skott mot de ryska vakterna utanför tälten. De hinner få upp gevären halvvägs. Förgäves. De faller döda ner på marken. Snön färgas snabbt röd. Någon skriker i panik, några ryssar famlar efter sina vapen i mörkret. Helt chanslösa. De finska soldaterna tar dem en efter en. Det blir helt tyst. De tittar på varandra och åker ljudlöst på sina skidor från ryssarnas läger.

De hinner bara åka skidor i ett par minuter när ett skott hörs i vinternatten. Jouni den unga soldaten skriker till och faller ihop i snön.

Perkele. Jouni är träffad tänker Pekkeri. Han bromsar in snabbt och vänder tillbaka.

"Hur är det? Var blev du träffad? "

Jouni tittade ner på höger ben. Pekkeri letade snabbt efter skadan. Han hade blivit träffad på sidan av ena benet men kulan hade bara nuddat honom. Vilken satans tur.

"Det är bara ett ytligt sår" säger han lättad och ler stort.

"Men jag kan inte åka skidor" säger Jouni och grimaserar av smärta.

Pekkeri visste att han måste hämta hjälp. De ligger gömda bakom en liten kulle. Ryssarna hade inte sett dem ännu. Han hör ljud på nära håll. Han ligger blixtstilla och lyssnar spänt. Nu är det kört för oss. På den korta tiden hinner han tänka att Jouni inte får se sina barn och fru och att Aina får klara sig själv framöver. När han trodde att hans sista stund var kommen ser han två välbekanta ansikten. Han andas ut.

"Inte tänker vi lämna er i sticket. Så roligt ska de jävla ryssarna inte få" säger Jaakko med ett leende på läpparna.

Han tillhör precis som Pekkeri veteranerna med sina trettiosex år fyllda.

"Jag tror att vi får försöka omringa ryssarna. Det är väl ett fåtal av dom kvar. Max fyra" säger Pekkeri.

"Vi måste skynda oss innan det blir för sent. Vid gryningen kommer vi ligga risigt till. Vi kommer att bli ett lätt mål för dem i dagsljuset."

Männen väntade en stund. De måste samla sig för att förbereda sin attack mot ryssarna. Om det går galet kommer de inte komma levande ur det här. Alla huttrade nu. Det var ohyggligt kallt. Flera av dem hotades av förfrysningsskador i tår, händer och ansikte. Det var ingen vacker syn och i värsta fall var amputation sista utvägen. Om de inte skyndade sig kommer de falla offer för kylan istället. Pekkeri kände inte tårna på höger fot längre. Han vickade på dem för att hålla igång cirkulationen. Han grimaserade av smärta.

"Jag åker först" säger Jaakko. De andra männen nickade tillbaka och han glider iväg tyst på sina skidor.

Nu får de vara på sin vakt för ryssarna ligger knappast och sover den här gången. Jaakko hade nått halvvägs fram till ryssarna. Då kommer en skottsalva. Allt går fort. Jaakko hinner inte reagera utan kroppen landar mjukt i snön. En stor blodfläck breder ut sig i snön runt huvudet. Skottet hade träffat honom mitt i pannan. Pekkeri stirrade på de andra männen. Deras ögon var stora av skräck. Kanske hade de blivit avslöjade. Han kände hur svetten rann ner för pannan. Han var beredd. De måste skärpa sig. Han såg Aina och sina barn framför sig. Det sved i ögonen. Han saknade dem. Det här kanske inte kommer bli så lätt som de först trodde. Han måste behålla sitt lugn för att kunna tänka klart. Pekkeri kröp fram i snön. De andra skulle stanna kvar för att eventuellt täcka honom. Det är kallt och han känner hur snö tränger in i ärmarna och in vid halsen för varje meter han kröp fram. Det var isande kallt. Han tar i kraftigt med benen. Han slår emot stenar och han fastnar i grenar som ligger gömda i snön. Han fnyser till av snön som åker in i näsan och ögonen. "Perkele" tänker han. Han hör mummel på håll. Han stelnar till och ligger helt blickstilla. Nu är det kört tänker han. Han tar en näve snö i munnen. De får inte upptäcka mig nu.

Han väntar tålmodigt. Han blundar och fryser oerhört mycket. Gode gud. Han skakade nu av rädsla. Han kände sig fruktansvärt rädd. Han tar ett djupt andetag. Försöker slappna av för att sluta att skaka. Han sträcker sig upp. Spanar ut i mörkret. Han ser två ryssar bakom en kulle. Han ser även en annan ryss närmare tältet men han verkar vara lite berusad och utgör ingen direkt fara. Några andra soldater ser han inte till förutom några skadade som ligger och jämrar sig i tältet. Han ligger skyddat och han har dem i siktet nu. De hade inte upptäckt honom än. Han laddar sitt gevär, siktar och skjuter. De två soldaterna faller ner. Döda. Han jublar inombords. Får ny energi. Nu gäller det att vara snabb. Den berusade ryssen reser sig och försöker få tag på sitt gevär men faller snabbt ner igen när Pekkeris skott träffar honom mitt i pannan. De övriga soldaterna möter samma öde kort därefter.

Pekkeri och hans mannar försvinner därifrån lika ljudlösa som när de kom. Ryssarna hade drabbats av den fruktade finska fjällpatrullen. De skulle bli kända som den "Vita döden" eller "Bejala Smert" hos ryssarna. Denna stridstaktik skulle visa sig vara mycket framgångsrikt för Finland.

"Blodet kommer färga snön röd

Var inte rädd

Vi ska strida för våra mödrar

Vi ska strida för våra barn

Vi ska strida för vår frihet

Var inte rädd

Vi ska sörja dem som kommer till midnattssolens röda himmel

Blodet kommer färga snön röd"

"Det sovjetiska motståndet blev till slut för stort och Finland sluter fred med Ryssland. Finland fick avstå från stora landområden i öst till sovjet."

5

Elvi vaknade med ett ryck på natten. Det hugger till i huvudet. En vansinnig smärta. Hon hostade till. Halsen kändes torr. Hon svalde försiktigt men det gjorde ont. Grimaserade av smärta. Ett glas iskall mjölk hade smakat ljuvligt och tagit bort den värsta törsten. Långsamt satte hon sig upp vid sängkanten. Hon hade feber, huttrade och var brännhet på samma gång. Hon stoppade in sina iskalla fötter i de grå ylletofflorna och drog på sig sin röda, tjocka kofta och smög tyst ner till köket. Hon tittade på lilla Veikko, kärleksfullt.

"Dummer, vad gör du" frågade hon med ett leende.

"Leker lite" säger han och brummar lågt med sin lilla leksaksbuss.

"Dessa ungar, de älskade verkligen sina bilar" tänkte hon.

"Godmorgon Elvi!"

Hennes mor ler med hela sitt ansikte och sätter fram en skål mannagrynsgröt framför henne.

"Ät nu innan du gå ut till stallet" Hon tittade på henne med en bekymrad blick. "Lite rörelse är bara bra enligt doktorn, men du ser lite blek ut."

"Äsch. Jag mår bra" men hon kände sig helt slut efter natten.

Hon vill inte oroa sin mor i onödan. Då skulle hon få ligga kvar i sängen resten av dagen och det hade Elvi inte lust med. Hon orkade inte med att bli överbeskyddad dag som natt. Hon längtade efter spänning i sitt liv. Hon ägnade större delen av dagarna åt att dagdrömma. Hon drömde om att hon var rik och reste jorden runt. Hon drömde att hon var vacker och jobbade som skådespelerska eller sångerska. Hon drömde romantiska drömmar om vackra män. De kunde bli väldigt detaljerade och verklighetstrogna. Det var nästan att hon rodnade själv. Kanske skulle hon bli en författare. Med en sådan livlig fantasi skulle hon enkelt skriva ihop flera romaner.

Hon skrattade åt sina tankar. Dum jag är. Jag kommer inte bli gammal. Men drömma är gratis. Hennes mor kunde inte förstå varifrån hon fick dessa tankar. Elvi nämnde ofta att hon skulle ta henne jorden runt när hon blev rik. Bar hon mår bra av det så kan hon drömma hur mycket hon vill. Det kan ändå inte skada någon. Hon kanske behöver tänka på något annat än sin sjukdom. Då är det väl inget fel på att drömma sig bort. Hon visste att dottern hade en kreativ ådra och älskade att skriva och teckna om dagarna. Ett liv på en gård var nog inget Elvi hade tänkt sig i framtiden.

Aina fortsätter att diska och städa upp efter frukosten. Elvi slänger i sig den ljuvliga gröten och dricker även en kopp kaffe med mjölk i. Det hade hon gjort så länge hon kunde minnas. Men det är mer mjölk än kaffe i. Efter frukosten springer hon ut till ladan för att mjölka. Hon är glad att hon slipper ta skidorna till skolan nu när hon är sjuk. Speciellt nu på vintern.

Hon mjölkar vant och fyller snabbt en halv spann med mjölk. I stallet hade de några kor som ger dem lite mjölk och kött. De hade även en stor arbetshäst. Elvi log. Hennes älskade häst. Hon borrade ofta in sitt ansikte i hans trygga man. För att känna tröst när allt kändes för svårt. Hon älskade att rida på honom i full galopp över ängen en sommarkväll eller en vacker vinterdag så snön yrde. Känna vinden i håret. Det gav en sådan frihetskänsla. Hon ryktade honom ordentligt och kratsade hovarna. Han var även värdefull för dem i skogsarbetet och när de skulle ner till byn då de saknade en bil.

Hon lekte med sina kattungar på dagarna men blev sängliggande de stunder då värken och hostan satte in och orken tog slut. Hon vill gärna tro att hon kommer bli frisk. Hennes mor sa ofta till henne. "Om du bara fortsätter att tänka på trevliga saker blir du frisk snabbare." Hon funderade på moderns ord. Grubblade. Men något inom henne säger att hon inte kommer få uppleva våren igen.

Elvi brukade smyga sig in i sin mors och fars rum. Väggarna pryddes av blommiga tapeter och sängen hade en vackert virkad överkast i gul nyans. På nattduksbordet låg Ainas läsglasögon med runda, små bågar. Hon tyckte hennes mor såg klok ut i dem. Aina älskade sina böcker och läste gärna en stund innan hon skulle lägga sig. Böckerna var rejält utnötta. Det var böcker hon hade köpt i kiosken. "Tantsnusk" hade hon hört sin far säga med en föraktfull röst. Men han visste hur viktiga de var för henne. Att kunna fly bort bara för en stund från vardagen. Så länge hon var nöjd var han nöjd. Han flydde ofta till sin "bastu" och förstod henne fullständigt.

Elvi sneglade mot det vackra sminkbordet i mahogny med tillhörande rund spegel. Den finaste möbeln i huset enligt mor om än något sliten. Hon visste att hon inte fick röra Ainas saker på sminkbordet men hon var nyfiken av sig. Föräldrarna var inte hemma och de fina sakerna på bordet var alltför lockande. Hon stod vid spegeln och borstade sitt långa mörka hår med sin mors vackra hårborste. Lockarna föll tjockt i vågor. Det lilla ansiktet med en liten uppnäsa var docksött. Flickan i spegeln var vacker som en prinsessa och hon hade allt hon kunde drömma om. Hon hade precis fyllt elva år. Hon dagdrömde som så många gånger förr. Hon log vackert och plutade sen med läpparna. Försökte titta förföriskt och låtsas att hon pratade med en stilig man. Prövade olika poser. Drog in sin getingsmala midja. Hon knöt ett skärp runt det vita nattlinnet. Drog ner axelbanden över armarna. Hon föreställde sig att det var den vackraste klänningen. Att hon var den vackraste på jorden. Hon kunde stå länge framför spegeln. Bara drömma sig bort från vardagen. Far brukade sucka åt hennes dagdrömmande. Hoppas det går över. Varifrån har hon fått det där? Hon hade dagdrömt så länge han kunde minnas. Hon stod alltid och speglade sig som liten.

Elvi berättade aldrig någonting för dem heller. Inte en endaste hemlighet. Bara det nödvändigaste som att det går bra i skolan och att alla är snälla. Men hon var definitivt inte blyg. I skolan hade hon många vänner och var populär. Hon var den personen som lätt fick vänner med sitt karismatiska utseende. Elvi älskade skådespelare, speciellt de amerikanska hon läste om i tidningarna vid kiosken. Tänk att få spela någon annan och få betalt för det. Hon tänkte på den vackra Greta Garbo och gjorde ytterligare en pose. Hon älskade de få smycken hennes mor ägde. Hon öppnade smyckeskrinet och plockade fram ett enkelt pärlhalsband. Elvi tyckte smycket var det vackraste hon sett. Hon beundrade den med stora ögon. Hon tänkte på orden hennes mor brukade upprepa för henne.

"Vi kommer från Sverige och har kungligt blod i släkten. Vasasläkten! Inte vem som helst utan Birgitta Vasa, kung Vasas kusin. Tänk på det!" brukade hon säga allvarligt med en stolt röst. "Se på ditt vackra hår och dina stora ögon. Det där är kungliga drag."

Mors berättelser hade alltid fascinerat Elvi och hon kände sig speciell och inte som en obetydlig bondflicka från norra Finland. Tänk att de har haft prinsar och prinsessor i sin släkt och hade bott i fina slott. Hon kunde drömma sig bort till ett liv i ett slott med en praktfull trädgård med prunkande rabatter. Hon bar den vackraste klänningen och hade håret prydligt uppsatt med en vacker tiara. Mor sa vidare att de var släkt med "Sursillarna". Det var en stor släkt, från 1500-talet. De hade flera präster i släkten med. "Sursillarna" tänkte hon. "Vilket roligt namn. Kan man heta så?"

"Det kommer från en gammal skröna" sa mor och skrattade. "Erik, vår förfader, fick skulden för att han hade levererat rutten fisk till kung Vasa och fick öknamnet Sursill".

Elvi trodde på hennes ord i alla fall. Att vara släkt med kungligheter fick henne att känna sig lite mallig och hon skröt ofta om det för sina vänner. Faktum var att hon gärna "kryddade" sina berättelser. Det blev lite roligare än den trista verkligheten. Vissa av vännerna skrattade "åt" henne. Hon struntade i dem och fortsatte att dagdrömma.

Hennes närmaste vänner blev uppslukade av hennes berättelser och tittade på henne med fascinerande ögon. De ville höra mer. Ibland gick hon lite för långt när hon nämnde att hon hade bott i Amerika och att hennes föräldrar minsann hade råd med det. Hon blev dock förvånad när de trodde på henne. Hon måste ha varit väldigt övertygande. Far brukade även skratta åt mors berättelser om deras fina bakgrund och brukade tillägga att vi är allt vikingar med. Riktiga karlar som bara lemlästar allt i sin väg och dricker öl hela dagarna. Elvi brukade rynka på näsan åt hans ord. Vikingar? Nej då föredrog hon mors berättelser om kungligheter.

"Två år hade gått. Nu rasade andra världskriget och Finland har ingått en allians med Tyskland och förklarat krig mot Ryssland. Den här gången ska Finland erövra tillbaka land de förlorade i finska vinterkriget. Återigen blir Pekkeri inkallad till kriget."

Pekkeri hade permission. Han drog på sig sina kläder, drack kaffe och åt en smörgås med rejäla korvskivor på. Solen gick inte ner på nätterna och midnattssolen brukade skina och färga himmelen röd. Han brukade vakna mycket tidigare än på vintern. Dagarna var längre och alla gick och la sig allt senare. Kroppen var full av energi och han kände sig piggare än någonsin. Det gällde att ta vara på den ljusa årstiden och ta tag i allt som ska göras inför vintern. Det kunde gott vara sommar året runt tänkte han och skrattade. Snart var det även dags att skörda färskpotatis och jordgubbar inför midsommar. Alla såg fram emot midsommarafton. Då var det fest.

Aina står i köket och förbereder midsommarmaten som består av potatis och nyfångad öring med jordgubbar till efterrätt. Hon är på väldigt gott humör och såg fram emot dagen. Det gjorde hon varje midsommar. Hon kände att mycket ansvar vilade på henne för att dagen skulle bli lyckad. Hela familjen behöver koppla av lite och ha det trevligt. Hon hade plockat en stor blombukett av prästkragar och andra vilda blommor på morgonen som hon hade placerat på köksbordet i en vacker blå vas. Hon älskade den här ljusa tiden på året.

Allt kändes lättare. Pekkeri kom in i stugan. Han gapade när han såg henne. Hon hade tagit på sig sin finaste klänning, som var vitblommig. Det mörka håret var utslaget och det strålade om henne. Han log uppskattande mot henne. "Vilken vacker fru jag har" tänkte han. Aina rodnade lite när hon såg hans ömma blick.

"Du är fin" sa han och kramade henne. Länge. Hon blev alldeles varm i kroppen. Aina kramade hårt tillbaka och vill inte släppa honom. Hon kände doften av hans rakvatten blandat med kaffe. En helt underbar doft. Hon önskade att tiden kunde stanna, om så bara för ett ögonblick. Bara vara här. I nuet.

Pekkeri gick ut för att värma upp bastun och förbereda midsommarbrasan på gården. De hade en hel del ris och skräp som skulle eldas upp. Han skulle även förbereda fisknätet. På kvällen skulle männen lägga ut nätet som de tog upp tidigt på midsommardagen.

Elvi kände sig allt svagare för var dag som gick där hon satt i den gamla, vita trägungan på gården. Gungan var gigantisk. Den hade två bänkar mitt emot och det fick plats många personer. Hon gungade sakta fram o tillbaka och det knarrade hemtrevligt. Solen smekte hennes bleka ansikte. Doktorn var förvånad att hon fortfarande var pigg och på benen. Men han avrådde henne från att gå till skolan. Hon skulle vila. Det var han bestämd med. Frisk luft var ett måste för hennes lungor. Elvi var trött men hennes envishet tvingade henne att gå upp på dagarna. Ibland kände hon sig lite nedslagen när hon såg sitt bleka och trötta ansikte och sin utmärglade kropp i spegeln. Hon kunde se revbenen tydligt. Hon kände bara avsmak åt sin spegelbild.

Hon håller sin blombukett med sju sorters blommor på knät. Hon hade mödosamt plockat dem på ängen på morgonen tillsammans med sin mor. Hon ska lägga blommorna under sin kudde och drömma om sin Jarmo. Enligt myten kommer mannen hon drömmer om på midsommarnatten att bli hennes. Hon tänker på "Jarmo" som hade träffat ganska ofta den senaste tiden. Han är två år äldre och hon minns den dagen då hon träffade honom för första gången. Det var på skolgården.

" Han stod bakåt lutad mot väggen och log mot henne på håll. Elvi blev osäker. Han såg lång och stilig ut med sitt blonda hår och blåa ögon. Deras blickar möttes och han kom fram till henne.

"Hej! Vad heter du?" sa han och tittade på henne med nyfiken blick.

"Elvi" sa hon med ett stort leende.

De kände en omedelbar dragning till varandra och umgicks med varandra dagligen. Något få personer får uppleva i livet. På senare tid hade Elvi börjat känna sig allt mer förälskad. De diskuterade alla möjliga ämnen och gick långa promenader tillsammans som ofta slutade med ett bad vid sjön. Hon kunde ligga i hans famn i flera timmar. Det kändes som en hel evighet. Här kunde hon vara för alltid. Men hon visste att allt det här skulle vara över snart. Det kändes orättvist. Varför skulle hon bli sjuk? Hon försökte få bort tankarna och försöka förlika sig med sitt öde. Hon måste ta vara på tiden hon hade kvar."

På midsommarkvällen äter familjen middag tillsammans, under tystnad, som vanligt. Pojkarna slänger i sig maten.

"Nu får ni ta det lugnt pojkar annars får ni ont i magen" sa Aina med bestämd röst.

Paavo log mot henne men fortsatte att äta glupskt som att han var rädd att maten skulle ta slut. Pekkeri smaskade högljutt vilket Aina tyckte var lite irriterande men hon hade vant sig vid det här laget. Elvi petade mest i maten. Hon fick ner lite mat men inte för mycket för då fick hon kväljningar, speciellt av fisken. Alla log när Aina tog fram jordgubbarna.

"Jaa" sa Veikko och bankade med skeden på bordet.

Hon lägger upp jordgubbarna i skålar. Hon räknar dem noga. Alla måste få exakt lika många. Barnen var noga med det. Rättvist skulle det vara. Annars blev det bråk. Hon log stort när hon delade ut skålarna. Barnen blev lika glada varje gång de fick efterrätt.

"Nej men nu är det väl dags för bastu!" säger Pekkeri och reser sig bestämt. Han rapar högljutt, skrattar och tackar för maten. Barnen skrattade högt och försökte rapa även de. Pekkeri skrattade åt deras försök. Aina ler stort.

"Det kommer ta en stund så ni vet"

"Ta du den tid du behöver" sa Aina.

Barnen tackade för maten och skyndade sig ut för att leka. Varje gång. De slängde i sig maten och var ute sent, ofta tills det mörknade eller tills Aina ropade in dem. Hon sätter igång med att städa undan efter middagen. Hon lägger all disk i blöt.

Häller på kokande vatten i baljan. Sen får det ligga där en stund innan hon diskar upp det.

Elvi ligger i sängen och läser när det knackade på fönsterrutan. Hon tittar ut och möts av en leende Jarmo.

"Vänta en sekund. Jag kommer ut" sa hon viskande.

Hon tar hastigt på sig sin kofta och klättrar försiktigt ut genom fönstret. Hon vill inte att någon ser dem tillsammans. Varför vet hon inte själv. Kanske orkar hon inte höra sin mors tjat om hon märker att det är en po ke. Hon orkade inte höra hennes predikande om synd hit och dit. Om sanningen ska fram var hon trött på att höra det för jämnan. Kan man inte få sjunga eller dansa någon gång? Eller göra sig lite fin utan att få dåligt samvete. Äsch tänkte hon och skrattade högt för sig själv. Hon kunde tycka att hennes mor var för hård. Hennes far var precis tvärtom. Han kunde ta sig ett glas, svära högljutt eller skämta om något oanständigt. Han brukade till och med dansa innan de gifte sig. Märkligt att de två hade funnit varandra tänkte hon. Men det kanske är bra att det är lite balans. Hon insåg att de hade både starka och svaga sidor och att de kompletterade varandra på ett fantastiskt sätt. En som såg till att saker hände och en som var realist och såg allt från ett annat ljus. Hon älskade dem bägge och tänkte att hon skulle vara lite som sin pappa och lite som sin mor. En blandning. Då kanske livet blir lite roligare. Sanningen att säga hade hon fått en blandning av dem.

Hon kunde svära, slåss och hitta på sattyg när den sidan kom fram för att i nästa stund framstå som en oskyldig ängel när situationen krävde det. Hon hade ofta varit i slagsmål med sin jämnåriga kusin. Han var ett år äldre men hamnade de i bråk var det hon som hade övertaget. Han sprang titt som tätt in till sin mor med näsblod men hans mor kunde inte tro att Elvi låg bakom det. Elvi skrattade åt honom varje gång. Det var han som startade bråken och då kunde han gott få lite stryk tänkte hon.

Jarmo blev förvånad när han såg henne. Han slogs av hennes skönhet. Det näpna ansiktet med stora oskuldsfulla ögon. Hon hade på sig en enkel småblommig klänning som framhävde hennes skönhet. Han kände ofta att han drunknade i hennes ögon. Hon var mogen för sin ålder trots att hon bara var ett barn. De sprang i väg skrattande. Det var ovanligt varmt för att vara midsommar och det var helt vindstilla denna kväll. Myggen hade försvunnit nu på kvällen. Skönt. Hon skrattade högt när de föll ihop på det höga gräset vid sjön. Sjön var spegelblank och solen var nu på väg ner och hela sjön skimrade i rosa. Det var en magisk kväll. Fiskarna hoppade för fullt och det bildades ringar överallt i det blanka vattnet. Allt var underbart. Hon önskade att tiden skulle stanna och att det kunde vara så här för alltid. Bara hon och Jarmo för alltid. Undrar om han kände likadant för henne? Han hade inte sagt någonting. Hon tvekade. De låg där, bredvid varandra. Hon blundade och väntade. Hon kände hur hans ansikte lutade sig över henne. Deras blickar möttes.

Han såg på henne med kärleksfulla ögon medan han strök längs hennes kind.

"Du är fin!" sa han tyst och log brett. Lite lekfullt.

Orden värmde och hon visste att han menade varje ord. Hon tittade in i hans mörka ögon, länge, han tvekade och blev allvarlig när de möttes i en kyss. Det var hennes första kyss och var alldeles underbart.

Elvi harklade sig. Hennes kinder var alldeles högröda.

"Jag vill vara med dig" sa hon tyst. Men jag vet inte.

Jarmo visste vad hon menade. Han blev allvarlig men sköt bort den obehagliga tanken. Hon var sjuk och risken fanns att hon inte skulle överleva till nästa sommar.

"Schhh. Jag älskar dig!". Han tog filten och virade den om dem och kramade henne. Hårt.

Han hade tänkt på henne. Hans pappa hade hittat honom försjunken i sina tankar allt för ofta med ett fånigt leende på läpparna. Han kunde inte sluta att tänka på henne. Hon var det första han tänkte på när han vaknade och det sista innan han föll i sömn.

Hon tittade honom djupt i ögonen. Varför var livet orättvist? Hon drömde om att gifta sig med honom, få många vackra barn och leva ett långt lyckligt liv. Tillsammans. Hon försökte få drömmarna att känna levande. Som att det verkligen hade hänt. Som så många av hennes andra drömmar. Till slut blev de nästan verkliga. Nästan att hon kunde ta på dem.

"Jag älskar dig med. Glöm aldrig det" sa hon halvviskande.

Han kysste henne igen. Han höll om henne. Länge.

"Vill du bli min" frågade han, allvarligt.

Elvi skrattade till men blev snabbt allvarlig när hon ser hans ömma blick. Han menade allvar.

"Alltså vill du förlova dig med mig?" upprepade han sig.

"Jaa!" sa hon till slut. "Ja det vill jag verkligen!"

Han grävde i ena byxfickan och fick fram en liten ask. Hon tittade spänt på den med förvånade ögon. Han öppnade försiktigt locket till asken och räckte fram den till henne. Han tittade spänt på henne för att se hennes reaktion. I asken låg det vackraste halsbandet hon någonsin hade sett. Det hängde en liten berlock i silver i halsbandet. Hon tog den försiktigt i sin hand och lirkade försiktigt upp den. I den fanns ett foto av dem två som han hade tagit för några veckor sedan vid sjön. Hon bara gapade.

"Vacker den är." sa hon allvarligt.

Han tog halsbandet och knäppte den försiktigt runt hennes hals. Sen smekta han henne över axlarna.

"Den ska du bära för alltid" sa han tyst.

"Kom!" sa han och räckte fram handen.

De gick ner i den kalla sjön med försiktiga steg. Sjöns spegelblanka vattenyta bröts av deras steg. Han kramade henne ömt en lång stund och hon kände bara att allt var helt underbart. Nu var hon beredd. Sent på kvällen somnade Elvi med ett leende på sina läppar och med sina blommor under kudden. Hon var förlovad med den vackraste människan på jorden. Hon hade hittat sin prins och sitt kungarike. Precis som i hennes drömmar.

6

Käylä, 1942

Dagarna gick fort och hon lekte med sina bröder och tog hand om djuren på gården. Hon önskade att hon kunde stanna tiden men livet gick vidare som vanligt. Allt för fort. Hon träffade Jarmo så fort tillfälle gavs utan föräldrarnas vetskap. Hon kände sig allt svagare men tvingade sig upp på morgonen. Det var mycket hon ville se och uppleva. Saker hon tidigare gjort utan någon större ansträngning tog nu en evighet att genomföra.

Hon sträckte sig efter sina strumpor. Hon satt på sin pall. Det värkte både i kroppen och i lungorna. Sakta drog hon på sig sina strumpor. Sen krängde hon långsamt på sig sin klänning. Hon suckade. Hon borstade sitt långa hår som var ovanligt tovigt och hon fick ta i. Mamma fick ofta hjälpa henne med de besvärligaste tovorna. Hon kastade ett öga i spegeln. Hon stannade upp. Kände knappt igen sig själv. Hon hade mörka ringar under ögonen, håret var stripigt och revbenen var framträdande. Ansiktet var gråblekt. Vem är det där? Hon äcklades av sin egen kropp. Tårarna rann längs kinden. Hon tog handduken och hängde den över spegeln Hon ville inte se längre. Det gjorde för ont. Hennes tidigare skönhet var som bortblåst. Hon såg bara en person som var märkt av döden. Hon blev rädd. Hon märkte hur alla i familjen hade förändrats. Även Jarmo. De behandlade henne som en porslinsdocka. Överbeskyddade henne. Hon hade hört sin mor prata lågmält i telefonen med läkaren och hon hörde att det inte var några goda nyheter. Alla i familjen var överdrivet glada och ville hjälpa henne med allt. Hon såg att de redan hade börjat förbereda sig för dagen. Hon kände sig ännu mer ledsen. Om de bara visste hur mycket de sårade henne.

Hon knäppte mödosamt knapparna på klänningen med sina knotiga fingrar. Hon kände på sig att hon inte kommer vara här på jorden länge till och hade accepterat sitt öde och till och med börjat längta till slutet. Speciellt dagar då hon blev sängliggande i veckor. Hostan blev bara värre och värre. Mamma hjälpte henne så gott det gick. När hon hade en ledig tid. Men hon var ensam många timmar. Timmar då hon försjönk i mörka tankar om hennes kommande öde. Elvi lägger sig i sängen. Hon orkar inte mer. Hennes drömmar hade börjat bli allt suddigare. Hade börjat blekna. Nu ville hon drömma för alltid. Hon blundade och ett leende spred sig på hennes läppar.

Elvi dör en vacker sommardag, lugnt och stilla i sin säng. Bara fjorton år gammal. Hon ser ut som en liten prinsessa i sängen med det långa håret utsläppt över kudden. Hennes mamma och pappa är förkrossade över att ha förlorat sin enda dotter. När Jorma nås av dödsbeskedet blev han bestört. Han kände en enorm tomhet och visste att om hon hade blivit frisk hade de gift sig och bildat familj. Nu skulle Elvi bli en av hans vackraste minnen.

"Älskade

Jag sörjer för de barn vi aldrig fick

Jag sörjer för att vi inte fick åldras tillsammans

Jag sörjer för att vi inte fick gifta oss

Men livet är här och nu

Varje sekund med dig är viktig

Så låt oss ta vara på den

Nuet

Älskade vi möts igen och jag gläds för att det blir för evigt"

Den stora vita kyrkan i Käylä var fylld med sörjande släktingar till sista bänkraden. Alla kvinnor bar svarta klänningar och männen kostym. Solen strålade från en klarblå himmel denna vinterdag. Aina märker inte av det vackra vädret och lutade sig mot sin make för att få lite styrka i sin sorg. Hon snyftade och torkade sina tårar med en broderad näsduk. Näsduken var redan fuktig av alla tårar. Men tårarna tog aldrig slut. Elvi ligger där framme vid altaret i en vit, öppen kista. Vackra blomsterkransar låg runt kistan i vitt, rött och blått.

Aina får en bild framför sig. Något hon aldrig någonsin skulle glömma. Minnet kommer tillbaka som ett slag i ansiktet.

"Hennes kusin. Så vacker. Så livlig. Hon var en sådan person som människor drogs till. Som bin till honung. Hon dras till kistan. Långsamt. Där ligger hon nu. Helt stilla. Aina ryser. Det vackra ansiktet var täckt av rivmärken. De gick över näsan, ögonen och även över den vita, långa vackra halsen. Resten av ärren doldes av kläder. Ärren hade varit svåra att maskera med smink. Inga spår efter hennes skönhet fanns kvar".

Hon ryser till och försöker skärpa till sig. Nu är det min dotter det gäller säger hon till sig själv. Hon går fram försiktigt och tittar ner i kistan. Hon andas ut lite. Slappnar av. Så vacker. Alldeles perfekt. Hon är inte borta. Inte ännu. Hon sträcker försiktigt fram handen och smeker över hennes kind.

Försiktigt. Handen går vidare över den vita klänningen. Hon ser ut att sova om det inte vore för det bleka ansiktet och de blå läpparna. Det långa håret är vackert självlockigt. I håret har de fäst några enstaka blommor. Runt halsen bär hon ett halsband. Aina lutar sig fram, försiktigt. Hon pressar sina läppar mot hennes kind, en tår faller ner. På kinden. Hon flämtar till av kylan från huden. Hon tittar på henne. Länge. Den lilla munnen öppnades. Sakta. Tydligt och levande. Allt var bara en mardröm. Hon lever! Hon log och tårarna rann längs kinden. De landade på Elvis ansikte. Hon lever! Elvi försöker säga något.

"Mamma. Det gör inte ont längre" säger hon tyst. Elvi tittar på henne med ögon som är förlåtande och fridfulla. Hon ler tillbaka. Kramar hennes lilla hand. Ögonen säger att hon kan gå vidare med sitt liv och att hon har det bra nu. Hon vill inte. Hon vill ta med Elvi hem igen. Till tryggheten. Allt ska bli som vanligt igen. Hon kramar handen hårdare.

"Sov gott mitt älskade barn. Vi ses igen snart igen" säger hon till slut tyst och blundar.

Hon tittar på Elvi igen. Nu är hon åter stel, blek och livlös. Hon går tyst tillbaka till sin bänk. En kvinna gråter nu högljutt och ber om syndernas förlåtelse. De övriga sitter tysta och allvarliga och lyssnar på prästens monotona röst. Prästen rörde inte en min i ansiktet. Hans läppar var bleka och sammanbitna. Han hade en likgiltig blick. Då och då tittade han med en tröstande blick på Aina och Pekkeri. Han hade gjort det här tusentals gånger.

Tiden gick långsamt och timmarna kändes som en evighet. Till slut avslutades gudstjänsten. Några män från släkten lyfter försiktigt upp kistan. Kistan är lätt. Alla går långsamt efter kistbärarna ut till graven. Aina känner att varje steg är plågsam. Hon känner sig bara tom. Inga tårar finns kvar längre. Väl framme vid graven sänker de ner kistan långsamt. Prästen håller ett kort tal och var och en slänger ner en ros för att ta ett sista farväl.

En fågel kvittrar och flyger ovanför graven. Den kvittrar envist och verkar lite rastlös. Som om den vill ha deras uppmärksamhet. Ingen verkar märka av den. Aina vänder sig mot fågeln. Hon förstår att det är ett tecken. Det är bra nu. Pekkeri är ovanligt lugn, nästan oberörd. Fårorna i ansiktet verkar ha blivit ännu djupare. Han ser inte närvarande ut. Han verkar befinna sig långt, långt borta. Kanske hade han redan accepterat det hemska som hade hänt. Ännu ett barn som aldrig fick bli vuxen. Ännu en begravning. Det hade blivit en vana.

Bröllop, dop och begravningar. Födelse och död, en naturlig del av livet.

Efter gravsättningen bjöds det på middag i kyrkans samlingslokal nere i källaren. Det var lugnt och fridfullt och många såg trötta ut. Att sitta många timmar i kyrkan tog på krafterna. Maten som serverades bestod av en simmig soppa på potatis, renkött med ytterst lite grönsaker. Till kaffet serverades det enkla kakor. Alla i släkten var där och även de närmaste vännerna från granngårdarna.

Efter maten var ljudnivån nästan outhärdligt hög i den stora lokalen. Folk pratade livligt och någon skrattade dämpat åt ett skämt. Ainas familj satt dock tysta och djupt försjunkna i sorg. Efter ett par timmar var begravningen över och det blev en lång hemfärd med häst och vagn.

Aina städade i storstugan. Hon var hemma helt själv med de minsta barnen Juhani och Olli. Resten av barnen var i skolan. Pekkeri hade blivit inkallad igen. Hon gillade att ha ordning och att var sak hade sin plats. Hon putsade på en envis fläck på bordet. Det var en ovanligt grådisig dag men Aina var på ett ovanligt gott humör. Saknaden efter Elvi var fortfarande stor men de hade tagit sig igenom den största sorgen och till slut accepterat hennes bortgång. De besökte graven varje helg. Planterade nya blommor och pratade om henne för att hedra henne. Aina hade även ställt fram ett fotografi av henne och Alpo och hon tände ett ljus varje helg.

Pekkeri hade svårare att komma över hennes död och vill inte prata om henne. Han visade ingenting utåt men Aina visste att det var ett hårt slag och han höll sig undan allt mer. Låste in sig i ladan om dagarna eller bastade ovanligt länge. Hon visste att han drack för hon kände alkoholdoften på kvällen när han gick och la sig. Hon var orolig för hans hälsa. Han sov dåligt, högst några timmar, och slet på gården resten av sina vakna timmar. Han kom in när han skulle äta och sen försvann han igen. Hon kände sig ensam om dagarna nu när Elvi var borta. Hon hade sina söner men saknade konversionerna hon hade med Elvi. Hon log och mindes. Hon hade livlig fantasi den tösen. Hon visste i sitt hjärta att hon var på en bättre plats nu, i himmelen, bland sina förfäder. Det skänkte henne en viss tröst.

Hon nynnande på en gammal visa och pojkarna lekte på golvet och skrattade högljutt. Hon hörde hur en bil stannade till på gårdsplanen. Det var en grön militärbil. Fyra män i tysk uniform stiger ut ur bilen. Aina tittar på dem med stora ögon. Hon blir alldeles stelfrusen inombords. Vad vill de? Hon fumlade med trasan. Vad ska jag göra? Hon kände en panikkänsla som sköljdes över henne. Hon måste hålla sig lugn vad som än händer. Hon torkade av sina handflator mot förklädet. Till slut öppnade hon försiktigt upp dörren på glänt. En av männen gick fram till henne med bestämda steg. Han var prydligt klädd med blankpolerade stövlar och välkammad frisyr. Han hade en högre befattning än de övriga männen. De övriga soldaterna var alpjägare. De lutade sig avslappnat mot fordonet. En av männen rökte och granskade Aina noggrant. Upp och ner. Länge. Han log uppskattande mot henne. Hon låtsades inte om blicken men kände att hon måste vara på sin vakt. Om det var något hon hade lärt sig var det att inte visa sig rädd. Hon stålsatta sig och tittade dem inte i ögonen och tilltalade dem så neutralt som möjligt. Hon ville inte stöta sig med dem på något sätt. Ville inte ge dem en anledning att starta något hon inte hade kontroll över. Som kunde gå ut över hennes pojkar.

Ledaren sa någonting på tyska men Aina förstod ingenting. Han gestikulera med händerna, lite upprört. Hans ögon var uppspärrade. Han förde handen mot munnen, flera gånger, stirrade argt på henne. Aina förstod att de vill ha mat. Hon öppnade upp dörren på vid gavel och männen trängde sig barskt förbi henne och vidare in i storstugan. De brydde sig inte om att ta av sig stövlarna. Aina kände sig förargad när hon såg hur de trampade runt på hennes nybonade golv. Stora lerklumpar lossnade från deras stövlar och smutsade ner även trasmattorna och hon insåg att hon måste svabba om golvet igen. Inget hyfs hade de heller och hon kände sig allt mer irriterad. Dock var hon noga med att inte visa sina känslor. Ville verkligen inte utmana ödet.

De sträckte fram händerna för att värma sig vid den varma brasan. Samtidigt måste hon vara på sin vakt. Ärligt talat fattade hon inte hur Finland hade gått med på att samarbeta med dessa människor. Hon kände ingen som helst tillit till dem. Varför visste hon inte. Men något var fel och hon litade på sin instinkt. Finländarna hade själva blivit förtryckta av Ryssland under många år och hon kunde förstå känslan de stackars judarna och andra grupper i minoritet måste känna. Vilken fruktan de måste känna för sina nära och kära. Männen verkade hungriga och vissa av dem hade tydliga skador efter förfrysning i både ansiktet och händerna. Kriget hade varit hårt mot dem. De hade nog inte väntat sig en sådan polarkyla. De var visserligen vana vid snö men inte den fruktansvärda kylan. Hon såg på deras klädsel att de var dåligt rustade för den.

Hon plockade fram en bit renkött och rågbröd. De blev tysta och log när de såg maten. Ledaren tittade missnöjt på henne. Vad var det med honom. Han tog upp brödet och pekade på den. Han låtsades bre på smör på brödet. Aina fnös för sig själv. Men hon log tillbaka. Att de hade mage att be om smör med. De borde vara tacksamma över maten hon hade dukat fram. Hon skyndade sig att plocka fram smöret från jordkällaren i marken. Männen skrattade och pekade på henne. De tyckte väl att det var en finurlig uppfinning. Tyskarna satte sig vid bordet och vräkte glupskt i sig maten. De smackade och rapade högljutt. Ouppfostrade var de med. En av tyskarna reste sig upp. Han hade lagt märke till spritflaskan som stod på köksbänken, lite gömd. Åh nej! Nu skulle de bli fulla med. Han tog flaskan och tog stora klunkar, han log mot männen, sen torkade han sig om munnen med baksidan av handen. Flaskan skickades runt och alla männen fick sin del av spriten. Även smöret gick åt på nolltid och hon suckade tyst. De hade inte en tanke på att lämna kvar någonting. Det skulle ta tid att göra en ny omgång smör. De spillde medvetet och grisade ner hela bordet. Den fina duken hon älskade var nu helt fläckig.

Till slut var de mätta och nöjda och en av soldaterna la sig i soffan med sina lerige stövlar på soffgaveln. Hon såg hur den fina soffan blev alldeles nersölad. Efter en stund snarkade han högljutt. De andra männen skrattade åt varandras historier och verkade vara på gott humör men även berusade vid det här laget. En av männen sjöng på en sorgsen låt. Hon förstod ingenting. De andra lyssnade tyst och alla fick en allvarlig min och såg för en stund djupt försjunka ut. Även de hade förlorat vänner tänkte hon. Hon stod vid diskbaljan, helt tyst, och städade undan efter männen. Hela tiden på sin vakt och på behörigt avstånd till dem.

En av tyskarna glodde på henne hela tiden med en berusad blick. Han såg fundersam ut. Hon ryckte till och tyckte det kändes obehagligt. Han rökte nästan hela tiden. Hon rynkade på näsan åt den otäcka röklukten. Hon flackade med blicken och kände sig illa till mods och hoppades att Pekkeri skulle komma hem. Men hon visste att han inte hade permission än på ett tag. Hon måste vara beredd. Hon tittade på kökskniven och svalde. Den blänkte och hon visste att den var nyslipad och vass. Pekkeri hade gjort det innan han åkte. Om hon skulle bli tvungen skulle hon inte tveka att använda kniven. Det tog emot men hon måste försvara sig. Det hade Pekkeri sagt till henne varje gång han lämnade henne ensam.

"Du måste ha geväret i närheten ifall det kommer någon du inte känner igen. Tveka inte att använda den. Det räcker att de ser geväret. De kommer springa iväg!" brukade han säga med allvarlig röst.

Han hade lärt henne och de större pojkarna att skjuta på gårdsplanen. Han blev förvårad över att hon hade varit snabblärd. Men vad hjälper det nu när geväret log i ett annat rum. Dessutom var de för många och skulle snabbt ha övertaget och hinna avväpna henne. Hon skulle bara hinna skjuta ner en av dom. Max!

Hon tackade gud att barnen var gömda. De hade sprungit in i sovrummet och gömt sig på hennes uppmaning. Hon hade sagt till dem att vara helt tysta och inte säga ett knyst. De log gömda i en liten garderob. Log tätt ihop och tittade på varandra med rädda ögon. Dörren hade samma tapet som väggen och var nästan helt osynlig. Det hade Pekkeri sett till.

Att det fanns ett gömställe. Man kan aldrig vara nog försiktig brukade han säga.

Juhani viskade försiktigt till Olli.

"Var är mamma?" sa han och tittade på sin bror med stora ögon. "Tänk om de dödar mamma." En tår rann ner för ena kinden och han darrade på underläppen.

"Tyst med dig! Vi skulle vänta här tills hon kommer tillbaka!"

I ena handen hade han en liten kniv. Även den hade han fått av sin far. Han kramade kniven. Väntade.

"Men jag vill till mamma. Jag är rädd!"

Juhani reser sig upp och går iväg mot dörren. Olli blir rädd men kan inte säga något. Han håller sig för munnen och tittar på Juhani med stora ögon. Skitunge!

Juhani öppnar dörren försiktigt. Bara lite. Han ser männen och ryggar till. De ser elaka ut. Men han ser inte mamma. Han blev rädd. Tänk om något hade hänt henne? Han snyftade till. Olli såg det och blev rädd. Han kommer avslöja oss. Han måste göra något. Snart. Han smög sig fram till Juhani och ställde sig bakom honom. Även han kikade genom dörr-springan. Han var huvudet längre än Juhani och hade inga problem att se.

Tysken fortsatte att stirra på henne och hon kände blicken på sin rygg. Gode gud kan de inte gå snart tänkte hon allt mer nervös. Hon kände hur svetten rann längs ryggen och att hon var alldeles varm. Hon försökte hålla sig lugn. Om han försöker med något kommer jag döda honom.

Den stirrande tysken tappade till slut intresset och släppte blicken från henne. Åh nej tänkte hon och blev livrädd. Han gick bestämt genom rummet med stora steg och slängde upp sovrumsdörren. Pojkarna blev rädda och de skrek till och sen stod de helt stumma och stirrade på tysken med stora ögon. Han tittade på dem, länge, med en spänd blick, granskade dem, men till slut skrattade han till, sa något på tyska och rufsade om dem i håret. Pojkarna slappnade av något och gick in i rummet igen. Fortfarande skrämda.

Tysken hade känt sig överraskad av pojkarna men insåg att de inte var någon fara för dem. Hon slappnade av när mannen anslöt sig till de andra och snart skrattade han med dem och hade glömt av Aina och barnen. Hon stod kvar vid köket, nära kniven och var beredd på det värsta. Tiden gick långsamt och tysken stirrade åter på henne. Ledaren såg uttråkad ut, hostade till, reste sig upp och gick ut på gården. Den stirrande tysken reste sig och gick hotfullt mot Aina. Nu eller aldrig tänkte hon. Hon var beredd. Ytterdörren öppnades och ledaren kom in igen. Han stirrade med stora ögon. Han gick fram till den stirrande tysken, säger något som får den andra att lugna ner sig. Sen vänder han sig om och går långsamt fram till Aina. Han flinar och tittar henne i ögonen med ett stelt leende. Han ställde sig så nära att hon kände stanken av sprit blandat med svett. Hans ögon var helt rödsprängda av sömnbrist och sprit. Hon var alldeles spänd nu och beredd att greppa efter kniven. Han slappnar av, tackar för maten, vänder sig om och går.

Männen lämnade gården i all hast. Hon hörde hur bilen körde iväg men hon står fastfrusen vid ytterdörren. Helt chockad. Till slut stänger hon dörren, långsamt, och låser den för första gången någonsin. Pojkarna rusade fram till sin mor och skriker.

"mamma, mamma" och höll om henne hårt.

Hon kramade tillbaka och kysste dem på pannan. Hon kramade dem länge. Ville aldrig släppa taget.

" Mina älskade" pojkar sa hon.

Hon andades ut av lättnad och sen lekte barnen som om ingenting hade hänt. Det Aina hade upplevt var en känsla av att ha sett självaste djävulen i ögonen. Hon rös i hela kroppen och var djupt chockad och försjunken i sina tankar resten av kvällen. Måtte kriget snart vara över. Vi måste få ut dessa människor ur landet.

Hon nämnde aldrig händelsen för Pekkeri. Han skulle bara bli ilsken på tyskarna och inte våga lämna dem ensamma igen.

7

Käylä, 1944

Pekkeri höll på att rengöra sitt gevär. Han gnuggade den med trasan. Omsorgsfullt. Han var djupt försjunken och långt borta i sina tankar. Kriget hade börjat kännas hopplöst och han kände en stark oro för sin familjs framtid. En oro hans egna föräldrar hade känt. Att leva bredvid en mäktig granne som Ryssland var inte lätt. Detta ständiga hot. De kunde aldrig slappna av och känna sig helt trygga. Även om Finland var ett självständigt land visste de att Stalin kunde krossa dem. När som helst. Denna osäkerhet tärde på folket. Ryssland kunde starta ett krig när som helst och helt utan förvarning. De var sluga. De kunde hitta på svepskäl för att anfalla. De ljög ofta. Det hade finländarna fått erfara genom åren. Under Rysslands styre på 1800-talet försökte de tvinga dem att följa deras lagar. Till en början fick finländarna behålla sina egna lagar och sköta sig själva i flera generationer. Tiden gick men på slutet av 1800-talet tyckte ryssarna att det var orättvist att deras folk hade en lägre levnadsstandard än finländarna. De förryskade det finska samhället genom att tillsätta fler ryssar på höga positioner, införa ryska språket i skolan och även att införa värnplikt för finländarna i Ryssland. Regler finländarna hade föraktat från första början. Tvinga män till värnplikt och att lära sig det ryska språket var inget som togs emot väl. Pekkeri minns att hans far var upprörd

"Vi ska inte bli några ryssar! Vi är finländare punkt slut. Ska våra gårdar hamna i ryssarnas händer med? Ska våra döttrar gifta sig med ryssar? Vi kommer bli helt utarmade om vi ska följa deras regler! De försöker bara lura oss. Våra barn ska ta mig fan inte bli några ryssar! Och min gård ska de ta mig fan inte få. Våra barn ska inte tvingas att dö för Ryssland i deras krig. Sanna mina ord. De kommer skickas till ett krig och dö för ett land vi skiter i! och sen spottade han föraktfullt."

Pekkeri minns vidare hur hans far berättade om "de röda" en gång. Pekkeri och hans syskon lyssnade spänt på historian. De älskade att lyssna på sin faderns historier på kvällarna efter middagen.

"Taneli var i den stora ladugården och såg över sina verktyg. Inbördeskrig hade brutit ut i landet. Helt otroligt. Krig mellan finländare. Han suckade. Han hatade krig och tänkte inte hjälpa till att döda sina egna landsmän. Han blev upprörd när han hörde om antalet dödsfall på båda sidorna. "De mördade varandra ursinningslöst". Det här var galenskap. Han tänkte på den senaste veckan då en torpare i området hade blivit anklagad för att vara på de rödas sida. En stackars kämpande torpare med fru och fyra barn. En granne till torparen berättade att han var borta hela veckorna och arbetade på en fabrik. Arbetsdagarna var långa. Han sov några timmar och sen stod han åter på fabriken och arbetade. Lönen han fick räckte knappt till mat för hans familj. Torparen hade hört talas om minskad arbetstid, rösträtt och bättre lön även till arbetarna av "de röda." Så småningom hade han anslutit sig till dem. Han såg en chans att komma ifrån fattigdomen. Komma ifrån förtrycket. Att kunna försörja sin familj och slippa att svälta.

Grannen hade inte vänt honom ryggen. Han förstod delvis varför han hade anslutit sig till de röda. Torparen hade väl inget annat val. Han hade helt enkelt tröttnat på att se sin familj svälta. Kanske hade "de röda" gått för långt nu när de försökte ta makten med våld.

Människorna i byn hade börjat snegla på torparen och även hans familj och visade öppet förakt mot dem. De spottade och kastade glåpord som "ryssjävel" efter dem. Även deras barn drabbades och blev mobbade i skolan.

"Stick iväg till Ryssland era jävlar!" hade de ropat efter dem.

Barnen hade kommit hem ledsna och deras föräldrar blev förtvivlade när de hörde om glåporden. Den äldre flickan i familjen hade även blivit utsatt för ett våldtäcksförsök men undkommit. En vän till familjen var lyckligtvis i närheten och hörde hennes rop på hjälp. Han hade hotat ynglingarna med ett gevär och de hade vettskrämda sprungit iväg.

Frun i familjen var helt utfryst av sina väninnor och de undvek henne när hon gick på gatan eller handlade i affären. Hon gick vidare med stolt huvud och låtsades att hon var oberörd men inombords kände hon bara vanmakt och rädsla och en stor ensamhet. Att bli utstött av sina landsmän. Måtte det här sluta väl och att alla inser vilket vansinne allt var tänkte hon.

"Två män smög sig fram på gårdsplanen mitt i natten. De var beväpnade med gevär. De stank av sprit och såg bistra ut. De gick tysta fram till ett fönster. Väntade. Det var tyst. Familjen låg och sov. Den ena mannen gav till slut ett tecken och sen krossade han ett fönster. Han hakade upp fönsterhaken och hoppade smidigt in i huset och öppnade snabbt ytterdörren för den andre mannen. De delade på sig och smög tysta in i huset.

Kvinnan och mannen i sovrummet tittade yrvaket på mannen som stod där med ett gevär i handen. Hans blick var hatisk. Han siktade med geväret fram och tillbaka mellan mannen och kvinnan. Pannan var svettig och en lock av håret hade klistrat sig i pannan. Han slickade sig om munnen och stirrade på dem.

"Ryssjävlar" sa han. Nu kommer ni inte undan! Sa han och skrattade till. Nervöst.

Mannen kramade om sin fru och blundade hårt. Hon var helt stelfrusen av skräck och fick inte fram ett ord. Mannen visste vilka det var. I hela deras liv hade de kämpat i fattigdom och svält och han visste att de stred för något gott. Men nu orkade han inte kämpa mer. Han fick inte fram ett ord. Han bara kramade om sin fru den lilla tiden de hade tillsammans. Ingenting hände. Sen small det till, två snabba skott i följd. Efter en stund hördes ytterligare tre skott från ett annat rum.

Det blir helt tyst. Inga skrik, ingenting. Då från ingenstans hörs barngråt. Gråtandet tilltar allt mer. Pockar på uppmärksamhet. Männen tittar på varandra med stora ögon. Mannen som sköt paret springer fram till spjälsängen. Där ligger ett litet barn. Han tvekar en stund. Höjer sakta sitt gevär. Darrar. Sen kramar han långsamt på avtryckaren. Precis när han ska trycka av sänker han ner geväret igen. Han ser förvirrad ut. Som att han har vaknat ur en vansinnig dröm. Han vacklade till. Sen virade han in babyn i en filt. Försiktigt. Den andra mannen hade börjat hälla ut bensin på alla möbler och golv. Lite här och där. I ren panik. Det stinker av bränsle. Till slut tänder han en tändsticka och slänger iväg den. Tändstickan flyger genom rummet, långsamt, och mannen följer den med blicken. Till slut landar den i pölen med bränsle.

Elden flammar upp och sprider sig sakta vidare genom rummet. Hungrigt. De stirrar in i elden en stund. Hypnotiserade. När eld flammorna börjar bli allt för intensivare springer de ut ur huset. Trähuset kommer att brinna upp på nolltid. Babyn lämnar de utanför, i säkerhet, en bit ifrån huset innan de lämnar stället i skydd av mörkret."

De hade avrättat hela familjen. Det hade varit blodigt och brutalt. Flickebarnet var den enda överlevande. Ingen visste vilka förövarna var men misstankarna pekade mot en familj där sonen hade fallit offer för "de röda" och blivit kallblodigt skjuten i huvudet. Dessa skenavrättningar skedde på båda sidorna. Laglösheten hade spritt sig till stora delar av landet. Det här födde ett oerhört stort hat mellan "de röda" och "de vita". Allt var kaotiskt på båda sidorna. Taneli tänkte inte bli hatisk men om någon i hans familj råkade ut för något visste han inte om han kunde hålla det löftet. Den lilla flickan skulle för alltid få leva med traumat efter dådet och skulle inte glömma. Aldrig någonsin. Att finländare hade mördat sina egna landsmän. Hur splittrat var inte landet? Hur kunde man gå vidare efter något sådant?"

Pekkeri skakade på huvudet åt minnet. Så länge diktatur rådde i Ryssland kunde de aldrig någonsin känna sig helt trygga. Denna oro gnagde i huvudet. Hur skulle det bli för deras barn och gårdar i framtiden. Skulle de falla i Rysslands ägor igen? En del familjer flyttade till Sverige för att slippa oron och skapade sig en bättre framtid för sina barn. Men det kanske bara var en falsk trygghet. Om Ryssland erövrade Finland kunde Sverige stå näst på tur. Men något finländarna hade lärt sig genom sin befrielsekamp var att de aldrig mer skulle kuva sig för ryssarna. Aldrig någonsin. De skulle kämpa till sista bloddroppen och ordet "Sisu" fick åter ett nytt uppsving som stod för styrka och uthållighet.

Det hugger det till i huvudet. En fruktansvärd smärta. Det snurrade till och Pekkeri faller handlöst mot golvet. Något är väldigt fel hinner han tänka. Aina hör ett duns. Hon stannar upp och rusar sen ut till storstugan.

"Pekkeri" ropar Aina och rusar fram halvt skräckslagen till sin man.

Ur munnen rinner det saliv och Pekkeri tar sig för huvudet. Han är svettig och blek. Han försöker resa sig upp men vacklar till av yrseln. Aina förstår att det är bråttom. Mycket bråttom. Hon bokstavligen ser sin mans liv rinna iväg. Hon ser hela deras liv spelas upp, som en film, från ögonblicket då de träffades. Hon nyper sig i armen för att komma tillbaka till verkligheten igen. Jag måste till Kajsa. Nu!

"Jag kommer tillbaka så fort som möjligt" säger hon högt.

Aina rusar iväg över vägen till det gula huset på andra sidan. Hon snavar, hon snyftar men fortsätter att springa. Fort. Hon ser den svarta bilen som står på gården. "Hoppas de är hemma nu. De måste vara hemma!" tänker hon panikartat.

Hon bankar hårt på dörren och skriker högt.

"Kajsa, Kajsa!! Öppna dörren!" Hon faller ner framför dörren men fortsätter att banka.

Hon hör steg och Kajsas make, öppnar dörren hastigt. Han stirrar på henne med stora ögon.

"Aina vad är det!" Säger han i en låg ton i ett försök att lugna henne.

Hon hämtar andan och säger till slut.

"Pekkeri han föll ihop. Ligger på golvet. Han måste till sjukhuset." Hennes ögon var ångestfulla.

"Då får vi åka in med honom. Det kommer ordna sig ska du se." Han försökte hålla sig lugn inför henne.

Kalle krängde snabbt på sig täckjackan. Han hoppade på ett ben flera gånger när han drog på sig stövlarna. Sen springer de iväg över vägen. Det får inte vara försent, får inte, hinner Aina tänka. Den lilla biten har aldrig känt så lång som nu. Varje minut kändes som en evighet.

Till slut når de huset med andan i halsen. De stannar upp innanför dörren i stugan. Aina för handen mot munnen och blir helt stel. Pekkeri är helt vit i ansiktet och är avtuppad. Den tidigare så lugna Kalle slänger sig över honom och skakar honom om axlarna. Hårt. Inget händer. Han är helt stilla. Han böjer sig över honom och sätter örat mot munnen. Lyssnar spänt. Det tar en evighet. Klockan på väggen tickar. Sen vänder han sig långsamt mot Aina. Nu med en allvarlig blick. Han ser orolig ut och hon ser ingenting av hans tidigare lugn. Aina befarar det värsta.

"Vi får hjälpa till att bära ut honom till bilen. Han är vid liv. Vänta här! Jag kör fram bilen!"

Aina såg på sin man. "Han kommer att dö." Då blir jag helt ensam. Han såg grå ut. Helt livlös. Aina kramade om hans hand. Smekte längst kinden. Tiden gick långsamt. Hon hörde bara ljudet av klockan i hallen. Tick-tack, tick-tack. Hon fokuserade på ljudet. Orkade inget annat och det kändes bättre på ett egendomligt sätt. Lugnande.

De körde till sjukhuset i Kuusamo. Resan kändes en evighet och Kalle körde så fort han bara vågade. Allt gick i slowmotion för Aina.

"Nu är vi framme", sa Kalle.

Hon ser hur vitklädda män och kvinnor kommer rusande ut till bilen med en bår. De lyfter upp Pekkeri och rullar iväg lika snabbt till ett ledigt rum för akutfall. De vitklädda rockarna ropade till varandra och alla visste exakt vad de gjorde. Det var bråttom och varje sekund var viktig. En sköterska stoppade henne vid dörren.

"Tyvärr Ni får vänta i väntrummet" sa hon och gav en allvarlig blick. "Vi tar över här."

"Han behöver mig. Han får inte dö helt ensam."

Men sköterskan log mot henne, tog henne bestämt om armen och ledde in henne och Kalle till ett angränsande väntrum. Hon följde med i ett töcken.

Aina och Kalle sitter och väntar. Hon vrider sig om händerna. Ställer sig upp och går oroligt fram och tillbaka i det lilla rummet. Rummet är helt vitmålat, sterilt och tyst. Tystnaden vibrerar i huvudet och växer för var timma som går. Den är helt outhärdlig. Det är som att tiden hade stannat. Det fanns ingenting i rummet som kunde få tiden att gå fortare. Inga tidningar, böcker eller radio. På väggen hänger några intetsägande målningar. Taklamporna lyser obarmhärtigt och Aina får kisa. Hon försöker blunda men det går inte. Kalle tar försiktigt hennes hand och de sätter sig i den hårda soffan. Hennes ögon var helt rödkantade och det bultade i huvudet. Sprängande. Kalle tittade på henne, såg hennes trötta ansikte, reste sig och släckte taklampan. Han tände en liten fönsterlampa istället. Lite lugnare. Hon blundar igen. Hon slumrar till en stund. Vaknar igen. Slumrar till igen. Tiden går. På väggen hänger en tavla med en bild av Jesus på korset. Hon stirrade på bilden. Den kändes som ett hån. Var finns gud nu. Hon tvivlade. Kände sig ensam. Övergiven. Hon kände en från doft av svett. Hon rynkade på näsan. Oklart vem doften kom ifrån. Men det spelade ingen roll.

"Jag hämtar lite vatten och en filt till dig", sa Kalle. Han strök henne längs handen. Aina nickade bara till svar. Kalle tolkade det som ett ja. Hon hörde ingenting av hans ord. Efter ett par timmars plågsam väntan öppnades dörren till slut. Kalle och Aina ställde sig upp. Samtidigt. En läkare kommer ut. Han ser sammanbiten ut. Han tittar på dem länge. Hon kramar krampaktigt Kalles hand. Nu kommer domen. Hon var beredd. Säg det nu! Jag kommer inte känna något. Hon stirrade på läkaren med stora ögon och stålsatte sig. Läkaren blev överraskad av hennes blick och log till lite snabbt. Han tog ett djupt andetag och rättade till sina glasögon. Tittade i sina papper. Gjorde någon anteckning. Tittade upp igen. Han tog tag i hennes hand. Den kändes kall och torr. Hon kunde inte läsa av något i hans ansikte. Den var helt uttryckslös. Ingenting som avslöjade om hur det hade gått. Hon ser i slowmotion hur hans mun öppnade sig. Långsamt. Nu kommer domen.

"Din man mår bra och är utom fara."

Aina och Kalle andas ut av lättnad. De tittade på varandra. Sen fortsätter läkaren med en allvarlig röst.

"Han har fått slaganfall och är förlamad på ena sidan av kroppen och kommer tyvärr inte att återhämta sig helt. Det finns en risk att han blir invalid för resten av livet." Läkaren tittade på dem allvarligt och väntade på respons.

Aina blir först tyst. Länge. Sen skrattade hon. Läkaren och Kalle tittade på henne och vet inte hur de ska reagera. Till slut övergår skrattet till gråt. Hon storgrät. Av lycka. Hennes älskade hade överlevt. Det var huvudsaken. Inget annat spelade någon roll.

8

Pekkeri var hemma igen efter ett par veckors sjukhusvistelse. Aina hade bäddat ner honom omsorgsfullt i soffan i storstugan. Hon hade lagt några mjuka kuddar som huvudstöd. Nu låg han där och sov. Allt kändes fridfullt. För stunden. Hon hade skött det mesta på gården med hjälp av några släktingar. Det var sensommar och ovanligt varmt för årstiden.

Inomhus var det tryckande varmt. Värmen satt kvar länge i de rejäla timmerväggarna. Aina hade på sig en tunn sommarklänning. Hon rynkade på näsan och kände att hon behövde ta sig ett bad. Hon fick torka Pekkas panna med jämna mellanrum. För att svalka.

Aina satt vid köksbordet och funderade med en kopp te i handen. Hon försökte förstå varför han blev sjuk. De senaste åren hade varit hårda mot dem. De hade förlorat två barn och sen blev han kallad till krig. "De förbannade krigen". Hon stirrade ut genom fönstret och tittade nästan hypnotiskt på de vackra blommorna i rabatten när de böljade i vinden. Pockade på uppmärksamhet. De var en blandning av lila och vitt. Så vackert. Men hon såg det inte. Hon såg inte det vackra längre. Hon tänkte vidare på sin situation. Vad är det för mening? Allt tar ändå slut en dag. Alla kommer vi att dö. Frågan är när. Hon kände sig ensam och rädd. Rädd för framtiden. Vad skulle det bli av dem? Och framför allt, hur skulle hon orka? Nu har jag inte bara fem barn att ta hand om utan även min man. Det kändes tungt. Hon fick bita ihop för att inte börja gråta.

Barnen var inte till mycket hjälp heller. Benjam var bara tolv år och Veikko åtta och kunde bara hjälpa till med de enklaste sysslorna som att bära in vatten och ved och att ta hand om sina småsyskon. De minsta gjorde ingen större nytta utan var mer en belastning. Visserligen lekte dem med varandra om dagarna vilket underlättade en del.

Det måste gå på något sätt. Hon tittade oroligt på sin man. Han snarkade till då och då. Det rann lite saliv längs munnen. Hon torkade honom försiktigt. Som ett litet barn. Han kunde inte jobba längre i skogen eller gården. Inte ens utföra den enklaste lilla saken. Det enda han kunde bidra med var att ge goda råd och att vara ett stöd för henne. Tack gode gud för att han ändå är klar i huvudet.

Hon kände sig trött efter den senaste veckan. Det värkte i hela kroppen på kvällarna. Hon måste hjälpa honom med allting från toalett till att mata honom. Han var som ett litet barn igen. I morse hade hon brustit i gråt efter den dagliga morgonrutinen med att mata, gå på toaletten och tvätta av honom.

Hon skämdes för svaghet. Hon gjorde det i smyg. Grät. Hon borde rycka upp sig och inte tycka synd om sig själv. Pekkeri hade det mycket värre.

Hon blev rädd vid frukosten idag. Han hade fått ett utbrott och bara slängt ut den friska armen och träffat skålen med gröt. Den hade flugit tvärs över rummet och träffat en vas som hade gått i små bitar. Han hade stirrat på henne länge. Med smärta i ögonen. Anklagande. Sen hade han börjat skrika, högt. Hon blev rädd för dessa utbrott som kom allt oftare. Hon hade nämnt dem för läkaren men han sa att hon fick vänja sig vid det. Att det ingår i sjukdomsbilden och att hon måste acceptera utbrotten. Hon måste förstå hans situation. Att inte kunna hjälpa familjen mer. Att inte kunna känna sig hel eller räcka till längre. Som en man. Det viktigaste var att hon fanns i närheten och stöttade. "Men vem skulle finnas där för henne?"

Andra känslor hade börjat smyga sig på henne. Hon blev lite rädd för dem. Det var tankar om att avsluta. Sitt liv. Bara slippa allt. Hon sköt bort den obehagliga tanken. Hon kände sig självisk och skämdes över sina tankar. Hon måste be om förlåtelse. För sina syndfulla tankar.

Juhani och Olli lekte med katten på köksgolvet. Hon måste få i väg de större barnen till skolan. Sen var det hushållsarbete och jobb i stallet. Hon suckade högt. Det här kommer inte att hålla i längden. Ta hand om både sin man, barnen och djuren skulle bli för mycket. Hon skulle bli sjuk. De måste hitta en lösning. Snart! Hon visste att hon kunde förlora barnen. Bli skickade till barnhem eller bli bortadopterade kanske till Sverige. Hon rös.

Hon hade börjat tvivla på sin tro efter allt som hade hänt. Är det gud som prövar henne. Hon ville bara lägga sig ner och vara den som blir omhändertagen. Du måste vara stark försökte hon intala sig själv. Det hjälper inte att jag sitter här och lipar. Aina torkade snabbt bort tårarna. Vill inte att pojkarna ska se. Så fort hon var ensam grät hon. Ohämmat. Det kändes skönt. Hennes man hade aldrig sett henne gråta. "Det är bara barn som gråter".

Hon hade trots alla motgångar behållit en positiv inställning. Som ett träd i en storm som alltid reste sig igen. Hon kände lite hopp när hon tänkte på deras sista utväg, ett eget företag. Det kan vara räddningen. Sen blev hon nedstämd igen. Drömmen om ett eget åkeri kändes mer avlägset än någonsin. Men det måste gå. Pojkarna måste bli stora först. För det var dem som skulle driva företaget i framtiden. Aina kunde ta hand om sin man och det administrativa arbetet i företaget. De ägde en hel del skog och hennes familj skulle ställa upp om det skulle bli riktigt knapert. Så måste det bli. För första gången på länge kände hon lite hopp om än litet.

Det knackade på dörren. Hon kände genast igen knackningen. "Mor" tänkte Aina. Dörren öppnades hastigt och hon rusade in i stugan. Hon kramade om Aina. Länge. Aina ryggade tillbaka lite. Det var den första kramen hennes mor hade gett henne på länge. Hon kramade försiktigt tillbaka.

"Kära barn." Hon granskade henne från topp till tå.

"Så du ser ut. Du ser alldeles mager ut. Äter du ingenting?"

"Jag har viktigare saker att tänka på" svarade Aina lugn. "När ska jag hinna det?"

Hennes mor himlade med ögonen och suckade. Hon la märke till Pekkeri och stelnade till av synen. Som att hon inte var beredd. Hon tar sig för munnen och vänder sig mot Aina igen.

"Jag har tänkt på dig. Jag är orolig. Dina systrar Sofia och Aino och Pekkeris bror Anselmi kan hjälpa er."

Aina funderade lite. Hon hade rätt. Hon behöver all hjälp hon kunde få.

"Tack mamma. Jag tar tacksamt emot deras hjälp. Annars kommer jag inte att klara av det!" svara hon med gråten i halsen.

"Men bara tills ni har kommit på fötterna igen. Du borde även fundera på att flytta. In till stan. Jag tänkte till Uleåborg" fortsatte mor med en lugn röst. "Där kan Pekkeri få den bästa vården och det finns gott om jobb. För du kan inte ta hand om gården själv. Det kommer aldrig gå!"

Aina tappade hakan av sin mors ord. De kändes som ett slag mot ansiktet. Hon kunde inte tänka tanken på att flytta från Lampela för att ta ett jobb. Det lockade inte. Hon rös bara hon tänkte på det. Men hon orkade inte bråka med sin mor.

"Ja, jag ska tänka på det mor. " sa hon bara.

Hon vill bara få slut på samtalet. Hon orkade inte höra på hennes råd längre utan ville bara vara ifred nu. Hennes mor lämnade till slut gården. Hon andades ut. Hon hade i alla fall en lösning på problemet. Visserligen var den kortsiktig men nu fick de tid till att planera för framtiden och hitta en långsiktig lösning.

Under de kommande åren hankade de sig fram med hjälp av släkten. Barnen växte upp fort och drömmen om ett åkeri kom allt närmare. Det knackade på dörren. Lite försiktigt. Aina går fram och öppnar dörren på glänt. Där ute står en kvinna och en liten pojke. Hon håller pojken hårt i handen. Kvinnan har kolsvart hår och bär en svart sammetskjol och hon är insvept i en stor, svart sjal. De ser utmärglade och olyckliga ut. Pojken darrade på underläppen. "Romer" tänkte Aina.

"Har ni möjligen lite mat över till oss? Vi har inte ätit på flera dagar" sa kvinnan med en vädjande blick.

Aina hade inte hjärta att säga nej. Zigenare stannade ofta längs vägen och tiggde på gårdarna och speciellt nu på vintern då matförråden tömdes allt fortare. De var ett kringflackande folk som åkte runt med häst och vagn och sov i tält. De tog vid behov ströjobb på gårdarna längs vägen när pengarna höll på att tryta. Många såg ner på dem. De kastade till dem rester de själva hade ratat.

"Självklart har vi det. Vänta här. Jag ska jag plocka ihop en korg" sa hon vänligt och log mot kvinnan och pojken.

Det värkte i hennes hjärta. Hon fyllde en korg med mat. Det var en brödbit, torkat renkött och en flaska mjölk. Kvinnan brister ut i ett stort, tandlöst leende när hon ser den stora korgen med alla godsaker.

"Tack gode gud. Du har ett hjärta av guld" utbrast hon. "Vi har besökt flera gårdar men de har bara jagat iväg oss. Min familj har knappt ätit någon mat på flera dagar" sa hon ledsamt.

"Stackars er. Ett ögonblick!" Aina springer in och hämtar ett par nystickade yllevantar. "Här". Hon räcker dem till pojken.

Han skiner upp med hela ansiktet och tar på sig vantarna snabbt.

"Tack så mycket snälla tant!"

Aina hade lagt märke till att han inte hade några vantar på sig. Det var typiskt henne att bry sig om människor som hade det svårt. Hon var omhändertagande av naturen och tänkte på andras välmående i första hand. Alltid. Hon blev glad av att ta hand om utsatta människor.

Kvinnan tar emot korgen tacksamt och niger. Sen rusade hon fort därifrån med pojken i hasorna. På några sekunder hade dem försvunnit ut i mörkret. Aina rös till av kylan. Hon kände sig orolig. Natten skulle bli kall. Hoppas det går bra för dem och att de kommer fram till sitt läger välbehållna tänkte Aina och stängde igen dörren. Ofta lät hon zigenare sova över i ladan trots Pekkeris protester.

"De är bara ett tjuvpack brukade han säga argt. De snor saker och gömmer dem i sina stora kjolar när du vänder ryggen till. Du blir lurad!" brukade han predika för henne.

Aina struntade i Pekkeris prat. Det fanns säkert en anledning till det. Det värkte i hennes hjärta att det fanns tiggare i landet. Romerna behandlades värre än djur men för henne var alla människor lika mycket värda. I kriget mot Ryssland på 1800-talet hade romerna deltagit i kriget mot ryssarna eftersom de var duktiga med hästar. Men när Sverige förlorade Finland till Ryssland var de inte längre önskvärda i landet och många fick ett eländigt liv där de tvingades till tiggeri för att överleva. De flyttade till slut till Sverige i hopp om ett bättre liv.

Vintern gick över i vår. Kölden hade äntligen släppt och solen sken denna vackra vinterdag i mars. Veikko kastade en snöboll på Benjam. Den träffade på ryggen.

"Kom och ta mig" ropade Veikko glatt.

Benjam blev ursinnig. Han sprang för fullt efter Veikko. Veikko blev rädd och sprang klumpigt i snön. Det var vår i luften fast det var snö överallt. Solen värmde skönt och vatten droppade från taket. Fåglarna sjöng för fullt och allt vaknade till liv när solens strålar värmde. Det här skänkte hopp till alla efter en hård vinter.

Att få slänga av sig jackor, vantar och mössor var helt enkelt underbart. Aina bar ut sina trasmattor och la dem på snön. Där fick de ligga ett par timmar i snön. Sen hängde hon de rena mattorna på linan för att torka. Storstädning stod på schemat denna dag. Alla sängkläder, kläder och dukar skulle tvättas i kokhett vatten för att få bort den värsta smutsen efter vintern. Trägolven skulle även skuras i alla rum. Hela familjen hade även fått löss och Ainas systrar hjälpte varandra med att kamma igenom det långa håret för att få bort gneten. Hon var tacksam över hjälpen hon fick av sina systrar.

Veikko och Benjam vek av in i skogen. Efter en stunds promenad stannar Benjam upp. Han ser något som ligger i snön lite längre fram mot ett träd. En gestalt.

"Titta! Det är nog bara ett dött djur" säger han lite tveksamt och tittar på Veikko. Han ser rädd ut.

Veikko blir nyfiken.

"Kom nu! Skynda dig" sa han exalterat.

Pojkarna småspringer fram till djuret. Benjam springer lite före. Benjam tvärstannar och Veikko krockar med honom i farten. Rakt in i ryggen och tappar nästan balansen. Benjam går fram med långsamma steg nu, nästan smygande. Vill inte komma för nära.

"Vad är det" frågar Veikko.

Benjam fryser till invärtes av synen som möter honom och kväver ett skrik med båda händerna mot munnen.

"Kom inte hit! Vi måste hämta mamma" säger han högt. Veikko får inte se det här.

Han vänder sig mot Veikko. Tar ett bestämt tag i handen och drar honom när de springer hela vägen hem. Veikko förstår ingenting.

"Vad är det" frågade han igen.

"Ingenting. Håll tyst bara" svarade Benjam argt tillbaka.

Veikko storgrät och förstod ingenting. Pojkarna springer hela vägen hem. Veikko storgråter och tycker inte det är roligt längre. Aina stannar upp mitt i tvätten. Hon rycker till när hon ser skräcken i Benjams ögon.

"Mamma du måste följa med mig!"

"Men vad är det? Nu? Vad har hänt?"

Hon släpper ner tvätten i smutsvattnet igen.

"Följ med så får jag visa."

Hon slänger på sig kappan och småspringer efter sin son. Vad är det nu han har hittat på? Hon inser att hon borde tagit på sig stövlarna. Hon känner den iskalla snön mot benen. Typiskt. Det är inte första gången hon får springa iväg i all hast. Efter en stund ser hon något på avstånd. Hon anar det värsta när hon ser konturen. Hon stannar upp. Synen hon möter är det värsta hon har sett. Mot det stora trädet ser hon två kroppar. Hon känner så väl igen dem. Det var romerna som var hemma hos henne för någon månad. Kvinnan höll armarna nästan krampaktigt om den lilla pojken. Som om hon försökte skydda honom mot något farligt. Hon känner sig illamående. Hon försöker hålla tillbaka men blir tvungen att spy till slut. Synen var makaber. De såg ut som att de sov. Det log ett lager snö över dem som sakta hade börjat smälta. Deras ansikten var täckta av ett lager med is.

De stackars romerna hade frusit ihjäl i kylan och hade aldrig kommit tillbaka till sitt läger. Vilket öde tänkte hon sorgset. Aina tog sin pojke i handen och de gick tillbaka hem i långsam takt. En likbil kom senare på dagen och hämtade kropparna. Länsman gjorde en snabb kontroll. En ren rutinsak. Han konstaterade snabbt att det inte var ett brott som hade skett utan de hade förfrusit helt enkelt. Tyvärr var det vanligt att människor kunde frysa ihjäl ute i vildmarken vid extrem köld och då gick det fort. Den aktuella natten hade det varit över fyrtio minusgrader.

Nyheten om de förfrusna romerna spreds som en löpeld i den lilla byn. Alla pratade om det och tyckte synd om de anhöriga. Några eldsjälar samlade ihop mat och varma kläder till dem. Romerna var väldigt tacksamma och händelsen fick befolkningen i byn att känna lite mer medkänsla för dem. Att även zigenarna var människor som kämpade precis som de själva.

9

Käylä, 1954

Veikko hade vuxit upp till en ung man. Han tittade på sin far som vilade i sängen. Hans förlamning hade bara blivit värre. Han behöver vård. På ett sjukhus och inte här hemma. Han kände att mycket ansvar vilade på brödernas axlar nu när pappa var sjuk. Han kände att han hade förlorat någon han såg upp till. Att se sin pappa svag gjorde ont och han kände sig ledsen över det. Han var även orolig för sin mor. Hon blev bara äldre. Hur länge skulle hon orka?

Hon körde på som en maskin om dagarna. Gjorde bara det nödvändigaste, Men han såg tröttheten i hennes ögon. Det fanns inget liv i dem längre. Men de var av segt virke. Pekkeri kämpade på och ledde arbetet på gården genom direktiv från sängen. Han var mycket klok och många såg upp till honom. Hans huvud var det inte något fel på, än så länge.

Dock kunde han fortfarande bli väldigt arg. Han kände sig lite maktlös nu när han inte var kapabel längre att hjälpa till med kroppsarbete vilket spädde på hans ilska. Saknaden efter skogsarbetet kom ofta över honom. Att få andas in skogsluften och få ut sin energi genom hårt kroppsarbete. Nu ingenting. Bara ligga i sin säng och läsa böcker och lyssna på radion.

Hela dagarna. Ilskan blossade upp. Ofta från ingenstans. Glas for ofta iväg och han svor till för jämnan. De andra i familjen tittade på honom med en föraktfull blick. Han märkte av den även om de försökte dölja dem väl. Det gjorde ont. Även hans fru gav honom blicken. Han suckade. Att vara handikappad var nästan värre än att vara död tänkte han.

Veikko vände sig mot sina bröder Benjam och Paavo. Han hade ett leende på läpparna och tar ett djupt andetag.

"Det kanske är dags att vi startar det här bussföretaget?" sa han med bestämd röst. "Vi har sparat ihop tillräckligt med kapital och resten får vi in när vi säljer av skogen och djuren. Vad säger ni" frågade han med en entusiastisk röst.

"Jag håller med. Det är dags nu" sa Paavo lugnt.

"Tänk vad mycket pengar vi kommer att tjäna! Och vad roligt det kommer bli. Vi kan bygga ett stort garage för bussarna när vi har sparat ihop tillräckligt" sa Benjam entusiastiskt.

Pekkeri tittade stolt på sina pojkar. Bröderna älskade bilar och gillade även att "meka" med dem. För dem väntade en spännande framtid med stora utmaningar när dem skulle sadla om från jordbruk till ett transportföretag. Det skulle nog gå bra för dem till slut. Nu kunde hans älskade fru slippa slitet med gården och pojkarna och bara ta det lugnt. Det förtjänade hon. Han själv skulle få vård för sin sjukdom på en specialklinik. Han kände lite sorg inför att vara borta från Aina långa perioder men det var nödvändigt. För första gången kände han lite hopp och glädje för sina pojkars skull.

Han tänkte tillbaka hur mycket Aina hade fått stå ut med de senaste åren. Han skämdes över saker han hade sagt och gjort till henne.

"Aina bäddade ner Pekkeri för natten. Han tittade på henne. Så förändrad. Inget leende, ingen smekning på kinden. Ingenting. Hon kunde varit hans sköterska och inte fru. Dag ut och dag in var det samma procedur. Det var morgonrutin, lunchrutin, middagsrutin för att avsluta dagen med kvällsrutinen. Jag orkar inte längre. Hon tittade knappt på honom längre. Han sökte hennes blick. Förgäves. Han förstod henne. Det fanns ingenting att se längre. Han såg bedrövlig ut. Inte som i sina ungdomsdagar. Musklerna hade förtvinat och han hade åldrats alldeles för fort. Det tjocka håret var alldeles grått och även ansiktet var grått efter dagar tillbringades inomhus. Han sträckte fram armen och smekte henne längst kinden.

Han saknade hennes närhet. Hon ryggade tillbaka. Blev lite rädd. Tittade på honom som att han inte var riktigt klok. Sen mjuknade hon lite. Gav en liten klapp på kinden.

"Gonatt då. Sov gott min älskade" sa hon bara snabbt. Ingen kram. Sen släckte hon bordslampan och gick ut. Lämnade honom, helt själv för natten. Han kände hur tårarna rann. Han saknade hennes närhet men hon orkade inte längre. Han förstod henne. Han var bara en grönsak nu. Ett paket. Ingenting. Han hade fått utbrott på nätterna. När ångesten blev allt för stor. Han kunde knappt andas när den slog till. Han kommer ihåg en natt. Han vaknade mitt på natten. Hela kroppen var svettig, till och med täcket. Han fick ingen luft. Det var som att någon hade satt sig på hans bröst. Som att han skulle dö. Han hade drömt om att han var ute med sina kamrater i skogen, han hade kommit bort från dem och ryssarna jagade honom. Han försökte springa fort men det gick inte. Benen vägde flera ton. Ryssarna däremot var snabba och kom allt närmare. Sen hade han en pipa rakt framför sig. "Pang". Han vaknade av sitt eget skrik. Så höll han på varje natt. Han hatade dessa mardrömmar. Allt i hans liv hade blivit en mardröm. Inte konstigt att Aina inte ville sova bredvid honom längre. Men han behövde henne. Han kände sig ofantligt ensam. Hur länge skulle han orka? Hur länge skulle hon orka?

Sen hade han sina ständiga utbrott. Vid matbordet, vid toaletten och om nätterna.

Hon brukade lämna honom i dessa stunder. Hon orkade inte. Hon bara släppte allt och gick ut på gården eller över till grannen. Var borta flera timmar tills allt hade lugnat ner sig. Han såg att hon var trött på det hela. Han såg det i hennes blick. Den hade förändrats. Där fanns ingen kärlek längre. Inte som förr. Han var en börda. Kanske var det bäst att han åkte till Uleåborg ändå. "

Paavo är den som är mest lik Aina med sina samiska drag. Han är kort till växten, har mörkt hår och ett vänligt ansikte med ett ständigt litet leende lurandes. Han utstrålade värme precis som sin mor. Veikko däremot hade ärvt sina fars drag. Han hade kort stubin och kunde bli ursinnig på en sekund. Han var även charmig och hade ett vackert leende. Dock var han väldigt fåfäng och noga med sin klädsel och sin frisyr. Håret var alltid vattenkammat och han bar gärna skjorta och slips om dagarna. Han var den som var mest utåtriktad av bröderna och gillade att skämta och skrattade ofta högt och hjärtligt. På fritiden umgicks han med sina vänner på granngårdarna. Han var välkänd i byn. Stötte han på någon bekant blev det gärna långa samtal och många skratt. Egentligen är bröderna väldigt lika till sättet och det var bara den minsta sonen Juhani som var den blyge i familjen.

Veikko glömmer aldrig när deras första buss anlände till gården. Det var en enorm Mercedes. Bussen hade kromade lister och metalliclacken var skinande grön. På sidan stod det "Bröderna Rontti". Familjen stod på rad och beundrade skapelsen och badade i skenet kromet. Även Aina och Pekkeri tittade med stora ögon på bussen.

"Det här mina söner är lösningen på alla våra problem. Den här bussen kommer säkra er framtid! Var så säkra på det. Det här är bara början" sa Pekkeri stolt.

Det var nog första gången han såg sin pappa le sen han blev sjuk. Han blev varm i hela kroppen av synen.

Aina kramade Pekkeris hand och log mot honom. Pekkeri log tillbaka. Kanske fanns det hopp ändå. Sen gjorde hon något helt oväntat. Hon satte sig på huk bredvid honom. Kramade om honom länge och gav honom en liten puss på kinden. Han ville aldrig släppa henne.

"Jag älskar dig" viskade han ömt.

Under de kommande åren köpte de in flera bussar och Benjam, Veikko och Paavo jobbade som chaufförer. De körde till en början fasta rutter från Kuusamo till Salla som ligger norröver Käylä. Efter några framgångsrika utökade de familjeföretaget med turistresor till Ryssland och Sverige och de startade även en taxiverksamhet. Familjeföretaget går mycket bra och beslutet om att gå från jordbruk till åkeri visade sig vara ett framgångsrikt drag.

Benjam byggde ett hus med en tillhörande busshall i Käylä. Aina och Pekkeri bor kvar i Lampela till en början. Familjen är lyckliga och det går väldigt bra för dem nu. Genom sina dagliga turer lärde de känna människor i olika byar. De fick ett gott rykte om sig. Alla människor var glada och framtidstron var enorm efter krigen.

Många familjer på landsbygden var väldigt fattiga efter alla krig. Det äldsta barnet ärvde gården och många familjer flyttade in till städerna för ett mer drägligt liv. I städerna fanns det gott om jobb inom industrin. Även Sverige sökte arbetskraft från Finland till industrin efter andra världskriget. De lockade med välavlönade arbeten och moderna, nybyggda lägenheter med rinnande vatten och elektricitet. Det kändes väldigt lyxigt i jämförelse med gårdarna i norra Finland där många saknade både rinnande vatten och elektricitet. Sen var det skönt att slippa extrem kylan på vintern.

10

Veikko hade lagt märke till en flicka den senaste tiden. Hon heter Mandi Ervasti. De var bekanta och Impi, Mandis mor var även kusin med Pekkeri. Mandi var från granngården Ollila som låg fem kilometer norröver från Lampela. De var av samesläkt och det var inte ovanligt att sysslingar gifte sig med varandra eller till och med kusiner. Han hade lagt märke till henne på en av sina dagliga rutter till Salla. Längst rutten låg gården Ollila och Mandi brukade hoppa på där för att ta bussen till skolan.

Hon hade långt hår och brukade ha håret uppsatt i en stram knut. Hon var bedårande och hade en liten, trubbig näsa. Ansiktet var fullt av fräknar. Hon hade en fin himmelsblå, moderiktig jumper och en snäv knälång kjol med svarta, något slitna, klackskor till. Han kände något han inte känt tidigare. Så fort han såg henne spred det sig en varm känsla i kroppen och han sken upp. Han kände sig nästan tafatt. "Synd att hon är blyg".

Hon hade bara hälsat hittills. Knappt sagt ett ord. Kanske var hon inte ens intresserad av honom. Han hade försökt med allt men smicker verkade inte bita på henne. Han hade gett henne komplimanger och visat sin bästa sida. Men det enda hon visade var en förskrämd blick. Han suckade för sig själv. Hon var det finaste han sett. Kanske ska jag bjuda ut henne snart. Han visste att hon kom från en stor familj och att dem var laestadianer. De försörjde sig som renskötare och hade även en del kor och ägde en hel del skog. Han hade träffat henne ibland när han var ute och cyklade men hon hade bara sprungit iväg när hon fick syn på honom. Hon verkade rädd för att prata med honom. Hur skulle han vinna hennes förtroende?

"Goddag!" sa Veikko till henne med ett brett leende.

"Hej. En biljett till Salla tack!" sa hon tyst och såg lite rädd ut.

Hon kände att pulsen steg och att hon att hon blev allt varmare om kinderna när hon såg på Veikko. Han var stilig som vanligt med sina solglasögon och sitt svarta, bakåtkammade hår i keps och bar en uniform med vit skjorta och svart slips. Hon hoppades att han hade lagt märke till henne. Men varför skulle han bry sig om henne? Han var väldigt trevlig men det kanske han var mot alla. Hon hade sett hur andra sötare flickor hade pratat med honom. De hade skrattat och dragits till honom som bin till honung. Hon kände sig nedslagen.

Hon kände sig inte lika söt som de andra flickorna. Nej, hon kände sig alldaglig och tråkig. Dessutom var hon blyg med. Hon kanske skulle säga något mer för att visa intresse. Men varför skulle han lyssna på henne?

"Ska vi inte ses någon dag?" viskar han när han sträcker tillbaka biljetten med sitt telefonnummer på en lapp med ett leende på läpparna.

Hon rycker till. Tittar in i hans ögon. De ser snälla ut. Hon tittar ner blygt och tittar sig runt, nervöst.

"Ja vi får se" sa hon tyst. Hon tar biljetten snabbt. "Hejdå!" Sen skyndar hon sig in i bussen.

"Typiskt mig att alltid vara tyst och rädd". Hon skämdes för sin blygsel som hade varit ett handikapp för henne så länge hon kunde minnas.

"Jag kommer aldrig träffa någon om jag ska vara sådan här idiot" tänkte hon när hon kramade lappen som om den skulle försvinna i tomma intet. "Varför vågar jag aldrig säga något vettigt någon gång? Alla mina väninnor vågade prata med pojkarna i skolan men inte jag. Jag börjar rodna bara jag öppnar munnen."

Mandi gick sista året i folkskolan och efter examen var det dags att hitta ett arbete. Hon tänkte söka jobb som piga hos någon välbärgad familj i Helsingfors. Hennes familj hade inte råd med dyra universitet. Framtiden var oftast utstakad med ett liv på en gård precis som för hennes systrar och väninnor. Hon suckade för sig själv. Hon såg fram emot att komma hemifrån och se lite mer av Finland innan hon blev bortgift. Men hon kände sig samtidigt skrämd av tanken av att inte träffa sin familj. Hon kände sig alltid obekväm med okända människor. Vad skulle de tänka om henne? Att hon bara var en blåögd flicka. En flicka från landet som knappt vågade säga ett ord. Hon visste ingenting om omvärlden. Hon måste skärpa till sig annars skulle hon sluta sina dagar som en ogift kvinna. Hon rös. Då skulle hon få bo i Ollila och ta hand om sina syskon resten av livet och det livet kändes långt från hennes dröm. Drömmen om att bilda en stor familj och att vara gift. Resten av bussturen dagdrömde hon om Veikko. Kanske han bara skojade med henne. Att gå ut med henne! Hon rodnade igen och kunde inte tro att det var sant.

Skoldagen gick långsamt och hon kunde inte koncentrera sig fullt ut. Hon tänkte bara på Veikko. "Vad har hänt med mig? Jag måste vara sjuk" tänkte hon med ett leende. Efter skolan satt Mandi i storstugan och stirrade på telefonen. Tiden gick.

Hon hörde hur klockan tickade. Tick – tack. "Nu måste jag ringa". Hon tog ett djupt andetag och vecklade omsorgsfullt ut den hopvikta lappen med telefonnumret. Barnen var ute och lekte och hon var helt ensam. "Så där. Nu ringer jag". Det pirrade i hela kroppen. Hon tog upp luren och drog siffra efter siffra på telefonen. Hon blev alldeles högröd i ansiktet. Hon känd sig varm och svettig. Hennes hand skakade lätt. "Du måste". Hon hade knappt sovit den senaste veckan. Hon fantiserade hela tiden om hur det var att kyssa honom. Hon rodnade bara av tanken. Hon skulle dra den sista siffran. Det gick inte. "Nej" tänkte hon och slängde på luren. För tusende gången. "Det här kommer aldrig gå" tänkte hon förargat. Hon gick in i köket och fortsatte med disken istället. Ari satt i köket och tittade på henne misstänksamt.

"Vad är det med dig då? "

"Tyst med dig" sa hon bara kort. "Lägg dig inte i." Sen sjöng hon glatt och diskade vidare.

Ari skakade bara på huvudet och fattade ingenting. "Tjejer" tänkte han. Han tyckte att hans äldre systrar betedde sig bra märkligt ibland.

Månaderna gick och Mandi stod i mataffären. Hon skulle köpa hem lite schampo och andra hygienprodukter. Hon gick vant runt i affären. Visste precis var varorna låg. Hon plockade ner dem bestämt i korgen och gick vidare till kassan. Hon stannade till. Lyssnade. Hon hörde en bekant röst på andra sidan hyllan. Det är Veikkos röst. Han pratade glatt med en annan kvinna. Kvinnan skrattade till då och då. Ett inbjudande och flirtigt skratt. Veikko skrattade tillbaka. Mandi kände ett hugg i bröstet. "Vad är detta? Har han träffat en annan? Hon blir osäker. Vad ska jag göra nu?" Hon står där länge och känner sig handlingsförlamad. Fastfrusen. Hon skärper till sig och går med bestämda steg vidare mot kassan. Hoppas att de inte ser henne. Då känner hon en hand på axeln. Den känns bestämd. Hon blundar.

"Men hej Mandi!", sa Veikko med en mjuk röst. Han står väldigt nära. Hon kan känna hans andetag mot örat.

Hon vänder sig om sakta. Där står han, leende och tittar på henne med sina blåa ögon. Mannen hon hade drömt om till minsta detalj, dag som natt. Hon blir alldeles varm om kinderna.

"Hej!" svarar hon i ett försök att låta överraskad.

"Hur mår du? Jag har inte sett dig på länge". Han tittar på henne med en orolig blick.

"Jag mår bara bra. Jag har slutat skolan och är hemma och tar hand om de minsta barnen."

Kvinnan Veikko pratade med kommer fram till dem. Hon ser bekymrad ut. Mandi lägger märke till att hon är en vacker blondin med en perfekt makeup. Klänningen var av det senaste snittet och satt perfekt på henne.

Hon granskade Mandi uppifrån och ner. Ler lite lätt. Självklart har hon bländande vita tänder. Sen tappar hon intresset och vänder snabbt blicken mot Veikko.

"Vi får faktiskt skynda oss nu om vi ska hinna" sa hon bestämt till Veikko.

"Mandi vi måste höras snart. Det var trevligt att ses igen!"

Han ser lite sorgsen ut. Sen skyndar han sig iväg med den vackra blondinen. De såg ut som ett perfekt par. Mandi stod kvar. Hon kände sig ful och betydelselös. Rent av värdelös. Hur kunde hon tro att han hade varit intresserad av henne. Naiv hon hade varit. När hon kom innanför dörren sprang hon raka vägen in till sitt rum och stannade där resten av kvällen. Ari stod än en gång i köket och fattade ingenting.

Det var lördag och ikväll var det dans i Käylä. Mandi tänkte hoppa över den här gången. Oftast stod hon bara i ett hörn i lokalen och tittade på alla andra som dansade. Det var ingen som märkte henne ändå. Varför skulle de? Hon såg tråkig ut utan makeup och fina kläder. Var det någon som bjöd upp henne tackade hon alltid nej. De flesta visste att hon var laestadian. Det spelade ingen roll för henne för hon för blyg för att dansa. Hon hängde upp tvätten på linan. Det var en varm sommardag och en perfekt dag för att torka tvätten utomhus. Hon hör en cykel på avstånd och en välbekant röst. Sirppa kommer cyklande in på gården. I hög fart. "Åh nej!" tänker Mandi. Hon hoppade av cykeln i farten, slängde den på gårdsplanen och sprang fram till Mandi.

"Hej!" sa hon glatt med andan i halsen.

"Hej! Värst vad du är glad då!" säger Mandi och fortsätter med att hänga upp ett örngott.

"Hörde att du inte ska med på dansen."

"Ja det stämmer. Jag orkar och vill inte det."

"Vad är det med dig? Har det hänt något?"

"Nej men jag är trött efter att ha tagit hand om mina syskon hela dagen. Sen har jag städat med."

Sirppa tog ett djupt andetag.

"Du behöver komma ut! Du kan inte slänga bort ditt liv här på gården. Kom med nu. Det kommer bli roligt. Jag lovar." Hennes ögon såg bönande ut.

Mandi funderade en lång stund. Men till sist ger hon efter för hennes vädjande blick.

"Ja, jag följer väl med då."

"Jaa!" Sirppa var utom sig av glädje och kramade om Mandi.

Hon hade rätt. Det blir inte bättre av att hon går hemma och är ledsen hela dagarna. Det var det sista hon behövde nu. Att komma ut skulle få henne på andra tankar. Mandi stod i sovrummet tillsammans med Sirppa. De lyssnade på musik. Det spelades en smäktande ballad. Självklart på låg nivå. De hade på sig sina finaste klänningar. Blommiga och lätt klockade. Båda bar en enkel cardigan med klackskor till. Sirppa sminkar sig och stryker på rött läppstift. Sen smackar hon med läpparna. Hon ser fantastisk ut. Hon sneglar lite på Mandi.

"Du är söt! Vet du om det?"

"Jag vet inte det." säger Mandi.

"Får jag prova en sak på dig?"

"Vad då?" Mandi tittar frågande på henne.

"Sätt dig får du se. Hon tar fram det röda läppstiftet, lutar sig mot henne och målar Mandis läppar perfekt röda. Sen tar hon lite blå ögonskugga och lite rouge på kinderna. Sirppa granskar henne noga och ser till slut nöjd ut.

"Sådär nu kan du titta!"

Mandi tittar sig i spegeln.

"Vad har du gjort?" Personen hon ser i spegeln är vacker. Inte den bleka, barnsliga personen som brukar blicka tillbaka. Hon ser vuxen ut. Läpparna ser fylligare ut och leendet ser vitare ut än någonsin. Ögonskuggan framhäver hennes gröna ögon perfekt och får dem att se större ut. Kinderna ser levande ut med en aning rouge. Mandi lyser upp. För första gången i sitt liv ser Mandi en kvinna i spegeln och den kvinnan är vacker. Sirppa ler åt hennes reaktion.

"Tack!" Hon ger Sirppa en lång kram. "Men nu får vi smyga oss ut. Mina föräldrar skulle låsa in mig om de såg mig sådan här. Utspökad."

Veikko står utanför danslokalen i Käylä. Det hade redan samlats en del folk. Han tar ett djupt bloss på sin cigarett och är försjunken i sina tankar. Han har på sig finbyxor och en skjorta som är ledigt uppknäppt. Håret är perfekt vattenkammat och solbrännan var djup efter långa dagar utomhus. Han tänker på Mandi. Han kan inte släppa tankarna på henne. Varför har hon inte ringt upp honom? Hon kanske inte var intresserad? Han tog ytterligare ett bloss och funderade vidare. På uppfarten stod nu flera bilar och männen skrattade och pratade högljutt och stämningen var på topp. Alla ungdomar i byn hade sett fram emot månadens dans.

Mandi och Sirppa står och väntar vid vägkanten på Sirppas kusin. Bilen tornar upp sig. Den tvärbromsar. Mandi hostar till. Det ryker upp en hel del vägdamm från grusvägen. De hoppar glatt in i bilen. Musiken är på hög nivå och Sirppa öppnar en ölflaska. Hon tittar lite på Mandi och skrattar.

"Ska du inte ha lite?"

Mandi tittar på henne med stora ögon.

"Ja, varför inte." Hon tar flaskan från henne. Sen sveper hon flera klunkar. Det smakar vämjeligt.

Sirppa tittar på med stora ögon och ler. Mandi ler tillbaka och hon känner sig lite varm när alkoholen verkade. Det kändes bra. Hon tog en klunk till. Nu kände hon inte smaken längre och de turades om att hälla i sig resten av flaskan.

" Stanna bilen" utbrister Mandi

" Vad är det" frågade Sirppa

"Jag måste kissa." Sirppa tittar på henne och utbrister i gapskratt.

"Så är det med öl. Det går rakt igenom." Sirppa plockade snabbt upp nästa öl.

Veikko stod inne i lokalen. Det var trångt nu och kön var lång till baren. Alla hade bråttom att få i sig en öl eller två innan dansen startade. Kvinnorna satt vid borden och viskade och fnissade medan de sneglade på männen i lokalen. Det blir märkbart tystare i lokalen. In i lokalen stiger två vackra kvinnor in, hand i hand, i blommiga klänningar. Männen och kvinnorna tittar efter dem med lång blick. Deras ögon är uppspärrade. Veikko stelnar till när han ser att det är Mandi. Han känner knappt igen henne. Hon ser ut som en vuxen kvinna. Hon ser även självsäker ut och går med en helt annan pondus än tidigare. Han fattar ingenting. Vad har hänt? Var är den söta lilla flickan?

Mandi känner blickarna från människorna i lokalen. Hon försöker vara lika säker som sin vän. Hon känner sig dock allt annat än säker. Makeupen och de fina kläderna speglar inte hennes inre. Hon stelnar till när hon ser Veikko. Det är som att något hugger till henne i bröstet. De tittar på varandra. Kan inte slita blicken från varandra. Hon blir alldeles varm i kroppen och ler blygt.

"Kom nu. Vi går till baren" säger Sirppa och hugger tag i Mandis arm.

Sirppa ler stort och njuter av männens blickar. Någon visslar till i förbifarten. Mandi följer snällt med. Livebandet spelade. Det var någon lokal sångare från Salla. Han river av en rockig låt med fart i och i ett ögonblick fylldes det stora dansgolvet av glada, dansande ungdomar. Flickornas kjolar ser ut som stora klockar när de dansar runt i männens armar och ljudnivån är öronbedövande. Mandi ler åt synen. Dock tänker hon inte dansa. Hur skulle det se ut? Hon hade aldrig dansat och skulle göra bort sig totalt. Sirppa beställer in två öl.

"Skål för dig och mig! Nu ska vi ha det roligt." Hon tar flera klunkar i rad.

"Skål" säger Mandi och ler tillbaka och gör likadant. Det smakade inte lika vidrigt längre.

Flickorna har det trevligt och kvällen går. Mandi dansar runt i armarna på en helt okänd man. Han ser onekligen bra ut. Han är lång och har mörkt bakåtkammat hår. "Men han är inte Veikko". Hon skrattade för sig själv. "Vad lätt allting är med några öl i kroppen". Hennes blyghet var bortblåst och hon gillade känslan. Att känna sig vacker och framför allt att våga dansa med en främling. Hon njöt av stämningen i lokalen och tänkte inget på hur syndfullt hennes beteende var. Sirppa blinkade till Mandi från andra sidan dansgolvet. Hon såg ut att trivas i sin danspartners armar.

Efter dansen sätter de sig vid bordet. Mandi pratar högt med Sirppa. Hon hade beställt in ännu en omgång med öl. Allting snurrar för Mandi.

"Jag tror att jag måste gå ut och få i mig lite luft? Väntar du på mig så länge?"

"Ok men skynda dig. Där ute kommer du inte träffa någon" svarade Sirppa, blinkade med ögat och log brett.

Hon skyndade sig ut, illamåendet ökade. Hon fick tränga sig fram genom den fulla lokalen. Killar flirtade ohämmat. Väl ute drog hon in den kalla luften och fyllde sina lungor. Hon kände sig genast lite piggare. Hon försökte samla tankarna. Hon hade i smyg sneglat mot hörnet av lokalen åt Veikkos håll. Hon kunde inte låta bli. Han skrattade högt med sina vänner och han såg bra ut. Hon kände sig besviken på sig själv. Varför skulle han bry sig om mig? Hon kände att all självförtroende hon tidigare hade känt försvann på ett ögonblick. Han verkade inte bry sig längre. Hon suckade tungt. Det kanske var dags att gå hem. Hon tittade upp mot den stjärnklara himmelen.

"Står du här helt ensam?"

Hon rycker till och vänder sig om hastigt.

"Förlåt om jag skrämde dig."

Det var mannen hon dansade med tidigare. Hon kände en stark spritlukt från hans andedräkt. Det var vämjeligt. Hon försökte andas med munnen.

"Hej" mumlade hon fram.

Han tände en cigarett och lutade sig nonchalant mot väggen. Han sneglade upp och ner på henne. Granskade henne. Hon rös till.

"Jag måste säga att du verkligen ser fin ut."

Han lutade sig mot henne och smekte henne sakta längs kinden. Han blåste ut röken rakt på henne. Hon hostade till lite lätt.

"Jag måste nog gå in nu. Min väninna är orolig vid det här laget och väntar på mig" Hon hade hunnit några meter när han tar sina armar runt hennes midja och drar henne i sin famn med all kraft.

"Inte så bråttom. Nu ska du visa vad du har raring!"

Han sträckte sig mot hennes mun med putande läppar. Hon värjde sig.

"Lugn nu!" Sa han med låg röst.

Mandi darrade av rädsla. Hans händer var överallt och hon såg ingen annan i närheten. Hon var ensam i den här mannens våld. Ingen i lokalen skulle höra henne om hon skulle skrika. Det var lönlöst. Hon blev förvånad över hur stark han var. Hon blundade hårt. Låt det vara över. Snabbt. Hans mun och händer var överallt nu. Hon orkade inte mer.

Mannen rycks bort från henne. Mandi spärrar upp ögonen. Veikko tittar på henne med en snabb blick, för att kontrollera att hon är oskadd. Sen vänder han sig mot mannen och ger honom ett hårt slag rakt över näsan. Han faller ihop på marken och tar sig för näsan och jämrar sig. Det rinner blod från näsan och den vita skjortan blir rödfläckad. Mannen reser sig upp. Han är vinglig men försöker fokusera. Han knyter sina nävar och går långsamt fram till Veikko.

"Stick härifrån ditt svin" säger Veikko med lugn och stadig röst.

Mannen stirrar tillbaka med häpen blick men inser snabbt allvaret och lämnar stället på vingliga ben. Han sparkar till en tom ölburk och svor.

"Perkele!"

Veikko vänder sig mot Mandi och hjälper henne upp. Hon ser rädd men lättad ut. Hon rättar till sina kläder och sin frisyr. Hårslingor hänger löst men i det stora hela har hon klarat sig oskadd. Hon skäms och vågar inte titta honom i ögonen. Han måste skämmas över henne. Vad skulle hon säga? Han måste tro att hon är lättfotat och inget att ha. Hon kände sig bara tom och eländig. Den värsta chocken släpper och hon skakade och grät obehindrat. Veikko kramade om henne.

"Det är bra nu säger han lugnande. Han kommer inte tillbaka igen"

Hon tittade försiktigt på honom. Rädd för att möta hans blick men hans ögon var fulla av ömhet.

"Du ska inte vara ute helt själv" säger han mjukt. Han kramar om henne och hon njuter av att vara i hans famn. Han tittar henne djupt i ögonen och ger henne en försiktig kyss på pannan. Det var helt underbart. Hon ville bara att tiden skulle stanna.

"Nej det går inte" säger hon och ryggar tillbaka lite.

Han tittade frågande på henne.

"Vad är det? Varför inte?"

"Du har redan en fästmö"

Han ser på henne med en frågande blick.

"Vem pratar du om?"

"Ja, den där flickan som var med dig sist vi sågs. I affären." Hon kände sig osäker.

Veikko såg ut som ett frågetecken.

"Jaha den där flickan." Han skrattade till.

"Du menar min kusin?"

Nu var det Mandi som såg ut som ett frågetecken. Hon hade aldrig känt sig så dum. Hennes kinder brände. Hon suckade åt sin egen dumhet. Sakta gick hon iväg. Nu vill han verkligen inte ha med henne att göra. En som är misstänksam och svartsjuk. Hon förstod honom.

"Vart ska du?"

Han tog tag i hennes arm. Hon stannade upp och snurrade runt. De stod nu ansikte mot ansikte. Han tog in henne i sin famn. Tittade djupt i hennes ögon.

"Du skulle bara veta hur mycket jag har tänkt på dig den senaste tiden." Sen kysste han henne och hon kände sig lugnare än på länge.

"Jag måste säga en sak."

"Vad då?"

"Du behöver inte makeup eller fina kläder. Du är fin som du är."

Mandi ler. Det var det finaste hon hade hört på länge. Ytterdörren öppnas och en uppjagad Sirppa kommer utspringande.

"Är det här du är! Jag har letat överallt efter dig." Hon tittade på Veikko.

"Men det verkar inte gå någon nöd över dig ser jag" sa hon med ett flirtigt leende.

Den kvällen somnade Mandi med ett leende på läpparna.

Regnet öste ner och Veikko satt i storstugan och drack sitt kaffe. Han tittade ut över gården och funderade. Han tänkte på Mandi. De hade träffats några gånger nu och pratat väldigt ytligt med varandra men han kände ändå att det fanns något där. Hon hade öppnat upp sig allt mer och han kände att hon blev allt viktigare för honom. Hon var helt underbar.

Benjam hade gift sig och byggt ett hus i Käylä och de väntade sitt första barn. Även Paavo hade träffat en flicka. Bröllopen hade varit enkla med endast närmaste släkten närvarande. Kanske skulle han fria till Mandi snart. Han borde nämna henne för sin mor och far. Aina skramlade med kastrullerna i köket. Hon stekte färsk öring i den öppna spisen och en helt underbar doft spred sig i hela huset. Hon stekte den i mycket smör och avslutade med endast en nypa salt som krydda för att lyfta smaken. Hon tittade på sin son och kände sig stolt över honom. Han såg verkligen stilig ut i sin uniform. Hon hade fått fina barn och hon kände sig oerhört lyckligt lottad. Saker hade ordnat upp sig och alla verkade må bra även Pekkeri. Efter maten skulle Veikko iväg till nästa pass.

Aina bryter den långa tystnaden

"Veikko, jag har hört att du brukar umgås med Mandi från Ollila."

Det var ingen fråga utan ett konstaterande.

149

"Är det allvarligt mellan er? I så fall kanske ni ska tänka på giftermål" sa hon glatt och sneglade på honom.

Veikko tittar på henne lite förvånat. Han tänker en lång stund. Till slut svarade han kort.

"Ja, kanske det. Hon är en helt fantastisk flicka"

Han kände sig lite irriterad av att hon ska lägga sig i. Han funderade på hur hon hade fått reda på det. Det måste vara den där grannen Kajsa tänkte han och log för sig själv. Men han vet att mor vill att de gifter sig. Snart. Innan Mandi blir gravid. Det skulle vara allt för skamligt för henne och familjen. Han suckade tyst för sig själv. Han tänker absolut respektera sin mors vilja.

"Pekkeri är kusin med Impi. Det visste du väl? Hon är verkligen trevlig. Och även deras far, Iikka, är en hårt arbetande renskötare. Sen är det väldigt trevligt att de är laestadianer med. Mandi är en väldigt snäll och klok flicka."

"Ja du har rätt min käre mor. Hon är definitivt en fin kvinna. Men de har det inte lätt. Hennes föräldrar kämpar för att få allt att gå runt och få mat på bordet."

Han skakade av sig känslan av irritation och kände sig snart på bättre humör igen. Det här är knuffen han behöver för att fria. Veikko var den typen kvinnor drogs till. Kanske var det hans självsäkerhet. Eller leendet. Han hade krossat många hjärtan men nu var det dags att stadga sig.

11

Ollila, 1962

Det vita huset såg majestätiskt ut på toppen av kullen. Som en riktig madam blickande ut över sina ägor. Längst ner låg Ollilasjön. Glittrande i solljuset denna varma sommardag. Runt hela fältet blommade smörblommorna. De bildade gula fält som ramade in det vita huset som det vackraste halsbandet av guld. Vid den här tiden på året var det inte ovanligt med dagar med över trettio grader. Värmen kom från Ryssland.

Gården var gammal. Troligen från 1700 talet och hade överlevt tyskarnas tillbakadragande från Finland och krigen mot Ryssland. En tänkbar förklarning är att gården låg lite skymt och skyddat på en topp. Från vägen såg man inte gården. På vintern var det flera meter snö vilket gjorde det extra besvärligt att ta sig upp för den branta backen dit.

Runt gården låg det några äldre trähus som sägs vara från 1600 talet. Gården har även varit i samma släkt i århundraden. Troligen har förfäderna försörjt sig som renskötare i flera hundra år. Många generationer med stora barnkullar hade levt på gården. En man i släkten hade även emigrerat till USA runt sekelskiftet men de hade inte hört av honom eller hans barn sen dess. De hade även påbrå från Skottland.

Mandis mor Impi står vid den stora, blå bakugnen som var placerad i det största rummet i huset. Den var enorm. Flera meter lång och tre meter bred. Kalla vinterdagar värmde den upp hela huset och storstugan. Impi skyfflade vant in brödet med en lång bakspade. Hon torkade av sig svetten i pannan med ärmen. Rummet hade blivit uppvärmd av både ugnen och det varma vädret. Hon tar sig runt magen som blev allt större. Klänningen spänner åt. Hon väntar sitt sextonde barn och har varit gravid med jämna mellanrum sen den dagen hon fick Mandi. Impi och hennes man Ilkka är laestadianer och de ser varje barn som ett guds underverk. Hon hade även lagt på sig en del sen första barnet och såg mycket äldre ut än sina fyrtiotvå år. Skönheten från sina yngre dagar var bortblåst när hon såg sig själv i spegeln. Hennes ansikte var alldeles runt och hon var kraftig. Hon var runt en och femtio lång. Hon hade på sig en alldaglig klänning med ett förkläde. Händerna var fulla av valkar efter år av hårt arbete på gården. Ett jobb som aldrig tog slut. De små barnen skulle matas och tvättas och syskonen fick oftast hjälpa till med de minsta. De fick även hjälpa till med sysslor som matlagning, tvättning, mjölka kor och med skörden. Det gick åt mycket mat för att föda den stora familjen och kände sig ofta pressade av att få en bra skörd som kunde hålla hungern borta över vintern. De hade både kor och renar då det gav både kött och mjölk. På hösten gällde det även att plocka bär som hjortron och blåbär som gav värdefulla vitaminer. Männen ägnade sig även åt fiske och jakt. Impi såg framemot vintern som var den tiden som var lugnast på året. Då hade hon tid för att vila och fundera i sin gungstol, alltid med en stickning i sin hand.

Mandi lekte med sina småsyskon på Ollila. Hon skötte om dem minsta med största omsorg. Hon älskade sina syskon och såg dem som sina egna. Alla barnen hade liknande uttryck i ögon. Den nyfikna blicken. Några hade blåa ögon andra hade bruna. Alla hade fina och vänliga drag. De var även slanka och speciellt flickorna var kortvuxna. En del av pojkarna var långa till växten. En annan egenskap de delade var blygseln. Det verkade vara ett drag som hade gått i arv. Till och med deras tonläge på rösten var lika. De pratade lite lågt och mjukt. Nästan sjungande. En del hade en tendens till att stamma lite lätt. Vissa av barnen var helt blonda och en del hade nästan korpsvart hår. Barnens pappa var lång och blond till växten med fina drag och ett vänligt utseende. Han var världens snällaste enligt barnen. Mamman hade tydliga samiska drag med mörkt, långt hår och bruna ögon med en liten trubbig näsa och ett runt ansikte. Även hon var en snäll människa.

De större barnen springer skrattande runt i storstugan och jagar varandra med väldig fart. Med många barn i huset var det aldrig lugnt utan man hörde skratt från tidig morgon till sen kväll. Barnen var sällan uttråkade då de alltid hade någon att leka med. Ett knep för att de små barnen inte skulle smita ut var att ställa dom på köksbordet. Då kunde man smita i väg för att gå på toaletten eller utföra någon annan syssla för ett ögonblick.

"Akta så ni inte halkar och slår er på det nysåpade golvet" ropar Mandi i ett försök att låta sträng och i ett tappert försök att lugna ner barnen men de lekte vidare utan att bry sig.

Barnen visste att Mandi var en av de snällaste varelserna som fanns och att hon aldrig skulle bära hand på någon. Denna väna varelse som bara tänker på andras välmående. Inte någon gång skulle hon tänka på sig själv.

Mandi tänkte tillbaka på barndomen.

"Hon vaknade som vanligt vid fyra tiden. Det var iskallt i rummet och elden höll på att slockna i kaminen. Hon huttrade till. Som hon hatade tidiga mornar. Hon gäspade stort och gnuggade sig i ögonen. Hon gick till baljan och sköljde bort den värsta sömnen, satte upp håret i en knut och tog på sig sina kläder långsamt. Magen kurrade högt. Hon gick in i köket och åt en smörgås och lite mjölk. Sen slängde hon på sig kappan. Väl ute drog hon in den kalla luften och fyllde sina lungor. Hon kände hur hon vaknade till av den iskalla luften. Hon log lite och gick snabbt mot den stora ladan. Korna var redan vakna och tuggade på höet. De sneglade på henne med stora ögon.

"Nej men hej lilla Elsa! Nu är det dags att ge mig lite mjölk." Hon klappad kon längs kinden.

Mandi satte sig på sin pall och mjölkade korna. Varje dag. År ut och år in gjorde hon samma procedur. Det var rogivande och hon älskade den här stunden. När hon var färdig tog hon på sig sina längdskidor och åkte fem kilometer till skolan i mörkret. Hon var ansvarig den här veckan för att värma upp skolan på morgonen innan första lektionen" Lilla Eero drog henne i ärmen och hon rycktes från sitt dagdrömmande.

I juli skulle höet slås. Hela familjen i Ollila hjälpte till även de minsta barnen. Även hennes morföräldrar kom över och hjälpte till. Det var ett hårt arbete. De starkaste männen och kvinnorna slog ner höet med en lie. Mandi svingade vant med lien över det höga höet. Sjön glittrade vackert denna varma sommardag och männen stod i bar överkropp, alldeles svettiga av det hårda jobbet. Småsyskonen hjälpte till att räfsa ihop höet och bygga hässjor för torkning. Hässjorna låg i långa prydliga rader på ängen. Efter några dagars torkande kördes höet in i ladan med hjälp av häst och vagn. Mandi tog en paus och gick och vilade sig hos de andra kvinnorna på ängen. De hade lagt ut rutiga plädar där de la sig en stund i den gassande solen. Alla var solbrända i ansiktet och männens bara överkroppar hade även fått sig en ordentlig bränna. Mandi tog en klunk iskall Sima ur flaskan. Flickorna pratade och skrattade för skörden i år hade varit ovanligt bra. Vädret hade varit gynnsamt med lagom mycket regn och med många soliga dagar. Anja, hennes yngre syster, log mot henne. Mandi log tillbaka. Anja tittade på en av grannpojkarna. Det var Esa. Han var väldigt lång och muskulös och såg väldigt bra ut med sin blonda kalufs.

"Har du hälsat på honom" frågade Mandi

Anja blev högröd i ansiktet och skrattade till.

"Nej men han ser väldigt bra ut eller hur?"

"Du borde gå fram och hälsa i alla fall."

Esa tittade mot deras håll. Han fyrade av ett bländade leende och flickorna vinkade och log tillbaka.

"Gå och hälsa nu då!"

Anja tittade på henne med trotsig blick. Rättade till sitt blonda hår och reste sig upp hastigt och gick bort till Esa. Mandi önskade att hon själv hade varit lika modig.

Mandi lutade sig tillbaka, blundade och tänkte tillbaka på den hemska dagen för länge sedan.

"Den väldiga hästvagnen var fullastad med hö. Hästen drog vagnen och Mandis sjuåriga lillebror Alpo lekte på åkern denna dag. Han gömde sig i det höga gräset. "Den här gången skulle de inte hitta honom" tänkte han och skrattade. Han skulle ligga gömd så länge som möjligt. Han och bröderna älskade att tävla. Han kände att det rann tårar längs kinderna. Allergi. Han var allergisk mot hö. Han kliade sig och ögonen blev röda. Än skulle han inte ge upp.

Iikka körde hästen och det gick långsamt uppför den väldiga backen upp till gården. Han smackade med läpparna. Hästen måste ta i lite mer. Han torkade bort svetten som rann hela tiden ner i ögonen och sved. Han blinkade bort några tårar för att se lite bättre. Då hamnade kärran för långt ut. Han parerade genom att ge hästen ett slag med piskan. Men hästen var slö av värmen. Vem var inte det. Han tappade kontrollen över kärran och hästen går för långt ut. Allting går fort. Den fullastade kärran välter åt sidan. Iikka hoppar av kärran på andra sidan och undkommer med nöd och näppe. Iikka springer fram och klappar lugnande hästen när han lossar honom från kärran.

"Såja"

Han hjälper upp hästen. Tungan hänger halvvägs ut och hans ögon är panikslagna. Iikka klappar honom. Långsamt. Andningen går ner hos hästen och han lugnade ner sig igen. Tur att ingen kom till allvarlig skada.

Någon skriker ett hjärtskärande skrik. Iikka stelnar till. Han springer till andra sidan kärran. Där ligger lilla Alpo med kärran över ena foten. Han hade lyckats undkomma med en hårsmån från att hamna under den.

"Kom och hjälp till" ropar han till sina vänner.

Männen springer fram och lyfter upp den stora kärran.

Alpo grimaserade av smärtan. Iikka ser att foten är ordentligt skadad men han kan röra på den. Det är ett bra tecken.

"Du får ser till att vila foten i några dagar så blir det säkert bättre snart"

Foten blev bättre men han hade ont i flera månader. Efter några månader hade Alpos fot börjat svullna upp och han fick blodförgiftning. Förloppet gick fort men hans liv gick inte att rädda."

Mandi skakade av det obehagliga minnet och försökte tänka positiva tankar igen och återgick till sitt mödosamma arbete med lien.

12

Mandi och Veikko umgås allt oftare med varandra och var nu ett par. Äntligen hade hon öppnat upp sig för Veikko. Det tog något år innan hon kände sig trygg i hans sällskap. Veikko var lycklig. Mandi var den blygaste flickan han hade känt. Men samtidigt var hon oskuldsfull vilket var oerhört attraktivt. Julen närmade sig och den här dagen hade det äntligen slutat att snöa och kylan hade återigen tagit sitt grepp. Det var stjärnklart och det knastrade för varje steg man tog i snön. Det gjorde ont att andas in den kalla luften och stora moln av kristaller bildades för varje andetag. Mörkret låg som ett täcke nästan dygnet runt i någon månad. Solen gick knappt upp över horisonten och man fick ta vara på de få värdefulla timmar på dagen då det var ljust.

Mandi var spänd inför dagen. Idag skulle hon besöka Veikko och träffa hans mor i lampela. Hon tittade som hastigast i spegeln och rättade till sin svanrygg. Det var en populär frisyr bland flickorna. Hon var noga med att inte en enda hårslinga hängde fritt utan att allt satt fast, hårt med hårnålar. Hon bar ingen makeup, det gjorde hon sällan, och såg flickaktig ut med sina fräknar som dock hade bleknat under vintern. Hon såg mycket yngre ut än sin ålder. Hon stryker med händerna längst den knäkorta, ärmlösa gråa klänningen för att kontrollera en sista gång att allt sitter bra. Klänningen smiter åt runt hennes getingsmala midja och hon ler lite för sig själv. Det var en av hennes få klänningar och hade börjat bli sliten men den får duga. Hon slänger på sig en liten ljusrosa cardigan och tar på sig sina svarta, slitna kängor och en lång, svart vinterkappa. Hon virar runt en stickad halsduk runt huvudet. "Det blir bra" tänker hon när hon blickar på sin slitna kappa hon hade burit i flera år och skyndar sig ut där hennes älskade väntar i bilen.

Veikko ler när han ser henne.

"Vad du är fin!" utbrister han och ger henne en lätt puss på kinden.

Han uppskattade att hon inte bar en massa smink. Hon var naturligt vacker med markerade ögonbryn och fylliga röda läppar. Många kvinnor hade för mycket smink och dolde sin skönhet. Tjockt med eyeliner och massor med rouge och läppstift.

"Tack" sa hon utan att rodna. "Tror du din mor kommer att tycka om mig?"

Veikko skrattade till.

"Klart hon gör. Du är ängeln själv" sa han och kramade hennes hand.

"Ja men jag har ingen fin bakgrund. Mina föräldrar har det även knapert som det är med en stor familj att försörja."

"Men mina föräldrar bryr sig inte om pengar. Huvudsaken är att du är en fin och kristen person sa han lugnande. Och ni är ändå släkt med oss på avstånd och vi vet hur fina dina föräldrar är. Iikka är ingen suput och de är goda kristna människor. Något annat kommer inte min mor att bry sig om" sa han och skrattade till.

De anlände till Lampela efter några minuters bilkörning. Veikko öppnade bestämt upp dörren till storstugan och håller upp den för Mandi.

"God dag i stugan mor!"

Stugan pryds av en julgran som var smyckad med endast en enkel girlang och med några pappersfigurer Aina hade gjort själv. Granen var fin och ståtlig och under den låg det några få julklappar, omsorgsfullt inslagna i kraftigt brunt papper med ett knutet snöre av jute. Oftast var det några värmande strumpor Aina hade stickat till dem med stor möda. På julafton brukade även tomten eller "Joulupukki" göra ett besök och dela ut dem vilket var till stor glädje för de minsta barnen. Det var även till glädje för föräldrarna när de fick se lyckan stråla från barnens ögon. För Veikko var det här en speciell tid och det var ett välkommet avbrott från vardagen. Familjen kunde för en stund glömma alla problem och vardagens slit och njuta av god julmat och umgås med varandra. Julmaten bestod av det bästa som kunde ges julskinka, renskav och inlagd fisk eller saltad lax.

De stiger in i den varma storstugan. Aina står i köket och kokar kaffe. Hon stannar upp när hon ser dem och går fram, leende med händerna utsträckta för att välkomna Mandi.

"Hej Mandi! Äntligen får jag träffa dig! Fin du är!" säger hon och kramar hennes händer.

Hon tittar fram och tillbaka på Veikko och Mandi med ett stolt leende.

"Hej Aina. Trevligt att träffa dig med" säger Mandi lite blygt men tittar på henne med desto större intresse.

Hon ser sympatisk ut tänkte Mandi och kände genast förtroende för henne och en del av hennes naturliga nervositet

164

släppte. Aina hade en lugnande inverkan på henne precis som Veikko.

"Kom in, kom in! Kaffet är färdigt och jag har även nybakade julkakor" sa Aina.

De såg helt underbara ut. De var smördegsinbakade med en klick katrinplommon i mitten och alldeles perfekt frasiga. De var själva i stugan för Pekkeri hade fått åka till Uleåborg för behandling och de andra sönerna var ute på sina arbetspass.

Efter en stunds konverserande tillade Aina

"Om ni gifter er kan vi bygga ut huset med ett litet rum med kök?"

Veikko skrattade till och Mandi blev högröd om kinderna.

"Ja, ja vi får se. Är det verkligen bråttom?" sa han högt. "Men vi får fundera på det" och han visade tydligt att diskussionen var över.

Han log mot Mandi med ett brett leende och kramade hennes hand för att lugna ner henne. Efter kaffestunden skjutsade Veikko hem Mandi. Nu var det mycket kallare och de sitter och huttrar i bilen. Han stannar bilen och lägger i handbromsen och vänder sig hastigt mot Mandi.

"Vad säger du? Vill du gifta dig med mig?" halvviskar han till henne och stryker henne längs kinden samtidigt som han tittar henne allvarligt i ögonen.

Mandi tittar på honom kärleksfullt.

"Ja min älskade" säger hon och nickar med tårar i ögonen.

Hon hade väntat länge på att han skulle fria. Äntligen tänkte hon.

"Men har vi råd med bröllop? Mina föräldrar är alldeles fattiga och kan inte betala för ett bröllop" sa Mandi.

"Ja men det löser sig alltid" säger han och skrattar till. Han visste att det var kvinnans föräldrar som betalade för hemgiften.

"Men vi kan väl gifta oss ändå? Säger han med ett leende. Det behöver inte vara något dyrt och märkvärdigt. Vi håller det enkelt. Det skulle nog min mor uppskatta. De gillar ändå inte festligheter."

Mandi kände sig lite besviken. Hon tänkte på sina närmaste vänner. De fick köpa vackra bröllopsklänningar och hade känt sig som prinsessor. De hade en påkostad fest efteråt för hela släkten. Det slösades på ingenting och man serverade den finaste maten och drycken. Mandi hade gått på deras bröllop. Hon hade dock en enkel klänning på sig till skillnad mot sina vänner och hon kände att de andra var mycket finare. Vilket ytterligare sänkte hennes självkänsla. Men till skillnad mot Mandis familj var de inte laestadianer. En stor fest och en fin bröllopsklänning kunde hon glömma. Det gick emot sektens regler. Hon suckade och släppte snabbt tankarna. Huvudsaken var att hon fick gifta sig med sin Veikko och att de skulle bilda familj med många barn och hon kände sig genast något gladare. Hon var noga med att inte visa sin besvikelse för honom. Hon kramade Veikkos hand.

"Det kommer att bli bra."

Mandi tittade sig i spegeln en sista gång. Hon hade en enkel klänning på sig. Den var vit, knälång och A-linjeformad. Hennes hår var uppsatt i en stram svinrygg. Hon var söt trots den enkla klänningen. På något vis framhävde klänningen henne på ett fint sätt istället för att ta över för mycket. Hon bar inga smycken. Det här kommer gå bra tänkte hon och rättade till klänningen en sista gång innan hon gick ut till sin blivande man i kyrkan.

Veikko stod framme vid altaret och deras respektive föräldrar satt på bänkarna längst fram. Några av deras äldsta syskon var även närvarande. Mandi kände sig som den lyckligaste kvinnan då Veikko kysste henne till slut. Hon brydde sig inte om att klänningen var enkel eller att de inte hade bokat en bröllopsfotograf. Ingen fest heller för den delen. Det viktigaste var att hon var gift med sin älskade. Det hela avslutades med kaffe och tårta hemma i lampela. De hade byggt ut huset med en tvårummare som bestod av ett litet, blått kök och ett litet sovrum där de även hade kaminen. Det kan inte varit mer än tjugo kvadratmeter stort.

Aina och Pekkeri flyttade kort där efter hem till sin son Benjam, vid Käylä. De byggde en lägenhet bredvid busshallen som bara var runt tjugo kvadratmeter. Pekkeri fick även flyttas till Uleåborg för diverse behandlingar och var ibland borta i flera månader. I Lampela bodde även Veikkos lillebror Olavi med sin fru och deras små barn. Jussi och Paavo byggde hus till sig själva.

Mandi älskade sin svärmor Aina. De hade blivit bästa väninnor och umgicks allt oftare. Det kunde bli en hel del bärplockning och kafferep. Aina fick även med Mandi på predikningarna rörelsen hade regelbundet i Käyläs kyrka. Mandis tro fördjupades mer och hon anammade rörelsens regler. Dock var hon för ung och frestelserna var för många men hon tog till sig en del av vad rörelsen hade att förmedla.

13

Det är i mitten av januari, ett par meter snö och kölden vill inte släppa. De hade haft flera köldknäppar under vintern som hade gått en bra bit under trettio minusgrader. Mandi tittade kärleksfullt på sin mor. Hon tycker ana att hon ser lite blek ut. Hon är höggravid och ligger och vilar hela dagarna och de större barnen hjälpte till. IIkka är ute och jobbar med att skyffla bort snön på gårdsplanen och ta hand om djuren i ladan. Det är ett tungt jobb då det mesta sköts för hand som tex mjölkningen. Han är även borta i skogen för att kontrollera sina renar om dagarna och ibland får de även skjuta ner någon varg som befinner sig alltför nära ren flocken. De får även se över alla verktyg. De måste vara i topptrim inför säsongen som kommer. Läder ska smörjas in och verktyg ska oljas in, slipas och lagas. På kvällarna när det är lugnare blir det gärna en tupplur på sofflocket i storstugan.

Iikka klampar in i huset på kvällen efter en lång dag ute.

"Jaha, det ska bli skönt när våren kommer så vi slipper det här ständiga mörkret" säger han halvt förfrusen och klappar kärleksfullt på Impis stora mage.

Han ställer sig framför den väldiga muren i storstugan och trycker sina händer mot den för att värma upp sig. Han ser fram emot det här barnet men känner en viss oro då han ser på Impis ansikte. Det är annorlunda på något sätt mot tidigare gånger. Hon är blek och ser trött och håglös ut. Hon är inte ung längre och det är en större risk att föda barn som äldre. Det är det sextonde barnet och barnafödandet hade satt sina tydliga spår och gjort henne allt skörare. Hennes kropp hade tagit mycket stryk. Ibland tyckte han att hon gick för långt med sin tro. Läkaren hade varnat henne för att bli gravid igen och att risken var hög att hon kunde förlora barnet men även riskera sitt eget liv på kuppen. De kände flera som hade fått sätta sitt liv till när de hade fött barn efter fyrtio års åldern. "Hon får vila så mycket som möjligt" tänkte Iikka. Många av de äldre barnen hade blivit förlösta hemma. Men det här barnet skulle förlösas på sjukhuset när tiden var inne. Det var minst en timmas bilfärd till Kuusamo och om vädret var dåligt skulle det ta ännu längre tid. I värsta fall fick de förlösa barnet i hemmet. Det här var något dem ville undvika till varje pris. Iikka minns tillbaka när de fick Mandi.

"Impi vaknade tidigt på morgonen av att vattnet hade gått. Det var december och det hade snöat i flera dagar. I storstugan tände Iikka gaslampan och stoppade in mer ved i den stora spisen. Hon grimaserade av smärta när värkarna satte igång. Hon skrek ingenting utan höll tillbaka smärtan genom att ta djupa andetag. Iikka lugnade ner henne genom att badda pannan med en sval trasa. Han hade väckt sin syster Marja och bett henne att hämta hjälp. Marja hade åkt skidor till granngården för att hämta barnmorskan, Arja, som skulle hjälpa dem med förlossningen. Arja kom in i storstugan. Hon var runt trettio år och var kraftig och såg äldre ut än sin ålder. Hon hade fått tre barn i kammaren hemma.

"Ja då var det dags då" sa Arja barskt.

"Vad ska vi göra" frågade Impi vädjande

"Ja, inte kan vi vara här i stugan. Det bästa är om vi går till bastun och förlöser dig där."

"I bastun? Är det klokt" frågade Iikka

"Där får ni vara i fred och det blir lätt att städa upp efteråt. Det är bara att spola rent med vatten. Jag går ut och förbereder så länge."

Efter någon timma fick de leda ut Impi ut till bastun. Ute på gården var det mycket snö. I bastun var det behagligt varmt och hon hade förberett med en mjuk madrass med kudde på bänken och en rengjord sax. Där kunde de vara ifred. Vär-karna pågick i flera timmar men inte en endaste gång skrek hon trots att det gjorde ont, men till slut kom Mandi till värl-den. När Arja räckte över det lilla knytet i hennes famn glömde Impi bort smärtan. Iikka tittade kärleksfullt på henne och på sitt barn.

"Titta! Fin hon är! Ni är lika som bär." De hade samma trubbiga näsa och runda ansikte. Impi log tillbaka.

Barnmorskan tvättade av Mandi och hon svepte in den lilla flickan omsorgsfullt i ett bomullstäcke och räckte tillbaka bar-net till henne. Impi och Iikka tittade förundrat på den lilla flickan och var tacksamma för att allt hade gått bra. Under de kommande åren fick Mandi många syskon till. Glädjen var stor för varje barn men samtidigt ökade även arbetsbördan."

Ibland tvivlade Impi om det verkligen var Guds vilja. Hon hade känt att glädjen för varje barn hade börjat bytas ut mot en likgiltig känsla och att hennes tidigare krafter även hade börjat sina. Hon gick runt i ett töcken. Inte blev det bättre av att hon la på sig allt mer och att sysslorna på gården blev allt tyngre. Att se sig själv i spegeln fick henne även att känna sig dyster. Hon tyckte inte om det hon såg. "Vad såg Iikka i henne egentligen".

Impi vaknade mitt på natten av fruktansvärda värkar. Hon kände igen det väl och visste att barnet var på väg nu.

"Vi måste åka in till sjukhuset" säger hon med en svag röst. "Det är dags nu!"

Iikka skyndade sig att packa färdigt den slitna, bruna resväskan och han fick leda sin fru ut till taxibilen de hade beställt. De åker i lugn takt till sjukhuset. Förlossningen gick oväntat bra utan komplikationer och Iikka kände sig mindre orolig än tidigare. De var lyckliga över gossebarnet som verkade friskt. Han hade visserligen kolik och skrek högt då kramperna kom, oftast mitt i natten. Iikka hjälpte till med att trösta det lilla barnet och Impi fick sin välbehövliga nattsömn.

Månaderna gick och Impi vaknade vid femtiden av den lilla pojkens gälla skrik. Hon gick runt med honom i famnen och sjöng för att försöka lugna det lilla knytet. Hela ansiktet var illrött och hela kroppen spändes när smärtan var som störst. Iikka kom in i kammaren där Impi var med barnet.

"Jag tar över nu så att du får vila dig en stund. Du verkar helt slut" sa han.

Pojken somnade i hans famn till slut men han vågade inte lägga ner honom av rädsla att han ska börja skrika oavbrutet igen och väcka resten av familjen. Impi ligger i sängen och tackar gud att Iikka är hemma. Annat var det när han blev inkallad till kriget och hon fick vara hemma med alla småbarnen och ta hand om gården. Hon minns dagen han kom hem på sin permission.

"En militärbil körde upp gå gårdsplanen. Hon hade varit glad att han äntligen var hemma igen. När bildörren öppnades blev hon bestört. Ut staplade Iikka på kryckor och han fick hjälp av en soldat för att ta sig ut ur bilen. Han hade blivit träffad av splitter vid en granatexplosion.

Han hade sett ledsen ut där han stod i hallen, alldeles nedbruten och blek ut i ansiktet. Efter flera timmars tystnad hade han sagt att två av hans bröder hade omkommit i kriget. Något mer sa han inte utan slöt sig helt. Han log bara i sängen och vilade sig och orkade inte leka med barnen. Enligt läkaren skulle det ta någon månad för såret att läka sig.

Impi gick runt och oroade sig för sin man. Läkaren hade nämnt att det var en risk att splittret kunde vandra runt i kroppen. I värsta fall kunde det vandra till hjärtat och då leda till en omedelbar död. Hon vågade inte tänka på vad som skulle hända om hennes man gick bort. Att bli ensam med alla barn. Det skulle bli för mycket för henne. Hon var alldeles utmattad och svag. I värsta fall skulle hon få sälja gården och flytta in till en storstad med alla barnen. Där skulle hon tvingas ta ett vanligt jobb som piga på en gård.

Våren närmar sig med stormsteg och det var redan mars månad. Vintern hade Ollila i sitt grepp men dagarna blev allt ljusare. Iikka kommer in i storstugan.

"Hur är det gumman" frågade han med len röst. "Benet börjar kännas bättre för var dag som går nu" sa han glatt.

"Vad bra" sa Impi med ett kärleksfullt leende. Hon kunde andas ut igen ett tag i alla fall. De behöver inte sälja gården på ett tag. Hon log."

På gården förberedde man för vårens ankomst genom att se över verktygen och att städa upp i ladorna. Förråden med mat hade börjat sina och än var det några månader kvar till den första färskpotatisen. De fick ofta gå ut på isen för att pilka fisk. De fångade några abborrar och sik vilket var en trevlig omväxling till renköttet. Det blev rena festmåltiden när fångsten var god och alla slukade de välstekta fiskbitarna. De brukade även baka en slags fiskkaka. Den var av rågbröd och fylld med småfisk "muikku". Brödet var mycket energirikt och mättande.

En vacker vårkväll rodde männen ut med sina båtar för att lägga ut fisknätet i sjön. Solnedgången var magisk. Den färgade himmelen rödrosa och skvallrade om att morgondagen skulle bli lika vacker. Solen var på väg ner över den spegelblanka sjön. Det hade bildats dimma längs strandkanten som bidrog till den magiska stämningen. Lommens ödsliga läte hördes över sjön. Väl framme hissade männen varsamt ner nätet och rodde sakta tillbaka. Det bildades små ringar i vattnet för varje årtag. Ringarna spred sig sakta för att slutligen lösa upp sig. Den tjärlika doften från ekan kändes även ljuvlig i vårkvällen. Iikka älskade de här stunderna. Att ro ut med båten. Helt underbart efter en vinter som till största delen hade tillbringats inomhus i ladan eller huset. Nu kunde de äntligen ta tag i arbetet på åkern igen och börja sätta den första potatisen och andra viktiga grödor.

Iikka fyllde på med ved i kaminen i bastun. Bredvid kaminen fanns det en stor behållare med vatten som värmdes upp sakta. Iikka lyfte på locket till vattenbehållaren. Det ångade rejält och det var hög tid att börja basta. Kvinnorna och barnen hade bastat under tiden männen var ute och fiskade och nu var det männens tur. De tre männen gick in i bastun under tystnad. Iikka sätter sig på bastulaven högst upp. Där är det som varmast. Han grimaserar när han känner den första värmen men vänjer sig snabbt. Han njuter av värmen och lutar sig tillbaka och blundar. De svalkar sig genom att dricka iskall "sima", en slags hembrygd jästdryck som var svalkande, varma sommardagar. Iikka tar ett grepp om skopan. Han kör ner den i vattenbaljan och slänger allt vatten på de heta stenarna. Det fräser från stenarna och värmen sprids och det blir allt hetare. När det fräsande ljudet hade tystnat blev det som hetast. Det dröjer inte länge förrän den första mannen springer ut och alla andra följer efter i en rad. De står utanför en stund i den kalla vårluften och låter den sakta kyla ner dem innan de går in för att värma sig igen. Nu var de högljudda och skrattade gott åt ett skämt. Det var oftast en gammal historia de gärna berättade om och om igen för att få sig ett gott skratt.

"Esa jag har märkt att du har ett gott öga för en av mina döttrar?"

Esa stelnade till. Sen tar han en stor klunk av sin öl.

" Ja det kan hända" sa han och log.

"Du ska bara veta att det är ok för mig. Så länge ni umgås som vänner."

Esa visste vad han menade. Han skulle helt enkelt uppföra sig.

"Om du är intresserad av henne vill jag gärna att ni gifter er om du förstår vad jag menar"

Esa nickade till svar. Sen blev de åter tysta och alla var försjunkna i sina egna tankar. Männen går och lägger sig berusade först på småtimmarna.

Tidigt på morgonen väcker Iikka de andra två männen. Esa känner sig yrvaken och tvättar snabbt av sitt ansikte med iskallt vatten. Det är en kylig vårmorgon när de skjuter ut båten i sjön. Sjön ligger helt stilla och det är vindstilla. Iikka känner sig lite yr. Det blev en öl för mycket i går kväll tänkte han och skrattade för sig själv. De var inte helt nyktra. Männen ror vant och de närmar sig platsen. Vinden hade ökat och vågarna hade blivit större. En av männen tar tag i nätet och börjar dra in den. Nätet dras sakta in och fångsten bestod av både abborrar och sik. Männen ler när de ser fångsten. Av någon anledning halkar Esa till. Ingen hinner reagera och han faller baklänges ner i sjöns mörka vatten. Allt går i en rasande fart.

Männen stirrade paralyserade på varandra. Fattade inte vad som hade hänt. Iikka skyndar sig först fram och försöker få tag i hans ena arm. Men Esa sprattlar allt mer med armarna och trasslar in sig allt mer i fisknätet. Ingen kunde hoppa i och hjälpa för dem var inte simkunniga. Männen kämpade med att få in nätet. Det varade i flera minuter men det kändes som en evighet. Till slut får de upp honom i båten. Iikka tittade på hans ansikte. Det var blekt och helt livlöst. På en gång vänder han honom upp ner. Det rinner ut lite vatten. Han dunkar på Esas rygg. Ingen rörelse. Ingen blinkning. Han grips av panik och dunkar honom i ryggen, allt hårdare, men han förblir livlös. De andra männen tar tag i honom. Försöker stoppa honom. Till slut går det värsta upp för honom och han förstår att det är försent. Det finns ingenting han kan göra. När männen kommer tillbaka möts de av Anja och några av småbarnen. Hennes ansikte blir alldeles grått när hon ser hur de bär ut Esas kropp från ekan. Iikkas blick är helt bedrövad och han vågar inte titta sin dotter i ögonen. Hennes öronbedövande skrik ekade länge, länge i hans huvud.

14

Ollila, 1963

Koliken hade börjat släppa till slut och pojken sov bättre om nätterna. "Äntligen!" tänkte Impi. I natt sov han en hel natt. Hon log. Impi går ut på gården, blundar och andas in kvällsluften. Den är kall och frisk och det känns hur kroppen fylls på med syre för varje andetag. På dagen hade vårsolen varit behagligt varm men nu på kvällen var isande kallt igen och det bildades stora moln för varje utandning. Hon känner en stark smärta i magen. Det var som om någon hade kört in en kniv. Hon känner hur någonting varmt rinner längst inner-benen. Nästan behagligt. Hon rusade in i sitt rum. Hon drog snabbt upp kjolen och kände efter med handen. Hon stelnade till när hon kände något varmt och geggigt. Hon stirrade med stora ögon på den blodiga handen och blev alldeles förskräckt. Något brast och det forsade mellan benen. Hon stirrade på golvet. Det bildades snabbt en stor, röd blodpöl.

Något är fruktansvärt fel tänkte hon innan hon skrek

"Iikka kom hit"

Dörren slängdes upp och Iikka rusade fram till Impi med några av barnen efter sig.

"Vad har hänt" utbrister han.

De tittade allihop med stora ögon på blodpölen och på Impi och ingen fick fram ett ord.

"Jag vet inte. Det vill inte sluta att blöda och det värker i magen. Något är fel." säger Impi och låter rädd.

"Jag ringer efter en taxi och åker till sjukhuset på en gång" sa Iikka.

Efter en stund var de på väg till sjukhuset i Kuusamo. Väl framme inser läkaren att det var allvarligt och Impi får transporteras vidare till Uleåborg för vård. De saknade medicinsk utrustning för att ta hand om specialfall. Sjukhuset ligger längre bort ca nittio mil från Kuusamo. Det är en lång bit tänker Iikka. Tänk om hon inte hinner fram i tid. Han vågade inte tänka vidare. Hon måste få hjälp. Färden blir mardrömslik då Impi blödde alldeles för mycket. De måste få stopp på blödningen. Annars skulle hon dö. Iikka kramade hennes hand hela vägen.

Impi kommer in på sjukhuset och det blödde allt mer. Ansiktet var alldeles vitt och det svarta håret var alldeles vått av svett och hade klistrat sig på pannan. Det gick inte att få stopp på blödningen och hon hade aldrig känt sig så liten och rädd som nu. Impi kramade Iikkas hand hårt och han tittade ner på henne med en kärleksfull blick.

"Det kommer att gå bra nu. Du får den bästa vården" sa han tröstande och smekte, ömt hennes kind.

Hon tittade på honom med en allvarlig blick.

"Om det händer mig någonting får du lova mig att du tar hand om barnen. Kan du lova mig det? Ni måste hålla ihop!"

Iikka svarade till slut.

"Du kommer bli bra igen." Han kysste ömt hennes hand. Han kände att något var väldigt fel.

Mandi och de större barnen satt tysta i storstugan och väntade tålmodigt. De väntade på att föräldrarna skulle komma tillbaka eller att telefonen skulle ringa och att någon sa att allt var bra med deras mamma. Men telefonen förblev tyst. De minsta barnen sov sen länge och klockan närmade sig midnatt. Ingen av de större barnen kunde sova nu. Hur skulle de. Båda föräldrarna var borta. De spelade spel eller läste någon bok för att fördriva tiden. Några småpratade tyst för att inte väcka de minsta.

Flera dagar hade gått och de hade inte hört ett knyst. Mandi vek tvätt. Hon måste hålla sig sysselsatt. Det höll borta den värsta oron. Att det värsta hade hänt. Hon höll tillbaka sina tårar. Stackars lilla mamma. Hon hade kämpat i sina dagar. Offrat sig själv för sina barn. Gett allt. Att bara ge och ge och aldrig få någon vila måste ta kål på den starkaste. Hon stannade upp när hon hörde motorljud på håll. Ljudet växte och en bil svängde in på gården. Det var en taxibil och hon kunde inte hålla tillbaka ett stort leende.

"Nu kommer de hem igen!" ropade hon högt.

De stora barnen var i skolan och hon var hemma och tog hand om de minsta. Barnen sprang tjoande och skrattande fram till fönstret. Som de hade längtat efter sina föräldrar. De hade frågat efter dem hela tiden men Mandi fick lugna dem. "De kommer hem om några dagar. Mamma måste vila sig lite" var allt hon kunde säga. Barnen hade gråtit sig till sömns varje kväll. Till en början vägrade babyn dricka från nappflaskan och skrek mest hela tiden men efter någon dag drack han glupskt från flaskan. Han hade inget val när hungern gav sig till känna. Efter maten blev han lugn och sov hela dagarna.

Bildörren öppnade och pappa steg ur bilen. Var är mamma? Han betalar chauffören och taxin åker iväg. Han ser blek och sorgsen ut med tydlig skäggstubb. Skjortan ser skrynklig ut. Väskan ser ut att vara tyngre än vad den ser ut. Hon känner hur hon blir alldeles kall inombords. "Det här känns inte bra" och hon kände hur tårarna rann längs kinderna. Barnen klängde och ryckte i hennes förkläde och frågade efter mamma med tårar i sina ögon.

"Det blir bra. Pappa är hemma nu" sa hon glatt till barnen i ett försök att låta glad.

Hon torkade bort tårarna i smyg och log stort när hon tog emot sin pappa i hallen. Han skulle inte behöva oroa sig över dem. Inte nu när mamma var sjuk. Han hade redan alldeles för mycket att tänka på. Att barnen hade varit jobbiga tänkte hon inte nämna för honom.

Pappa tittade på henne med stora ögon. De var helt rödkantade efter sömnlösa nätter. Han var glad att vara hemma hos sina barn igen. Han log mot dem. Barnen rusade fram och alla kramade om honom en efter en. De minsta höll om hans ben. Han hade saknat dem. Han kunde inte sluta att krama dem. Han vände sig mot Mandi till slut. Hon väntade. Säg det nu tänkte hon. Jag orkar inte vänta längre.

"De lyckades stoppa blödningen men hon behöver övervakas ett tag till och vila upp sig. Hennes tillstånd är stabilt."

Mandi kände hur allt släppte och tårarna rann. Hon slängde sig över sin pappa och gav honom en stor kram. Till slut släppte hon honom.

"Vad skönt att höra. Vi har saknat dig, mycket". Sen hjälpte hon sin pappa att hänga upp kappan bland alla de andra jackorna i den stora hallen.

"Stackars pappa" tänkte hon bekymrat.

"Tack för att du tog hand om gården min tös" och gick raka vägen till den stora sängkammaren och la sig tungt i sängen med kläderna på och somnade direkt.

Dagarna gick långsamt och på något sätt kändes arbetet på gården som ett skönt avbrott. Det bedövade saknaden efter sin mor. Mandi matade babyn med nappflaskan, Iikka och de större barnen skötte gården och de minsta fick leka med varandra. Mandi flyttade tillfälligt till Ollila för att hjälpa till med gården. Hon hade inte något val. Mamma var sjuk och de hade ett litet barn som måste tas om hand. Veikko fick helt enkelt klara sig själv ett tag. Hon förberedde frukosten i det stora köket. I mitten av rummet stod det långa bordet. Där fick det plats minst tjugo personer på en gång. Hon tittade tankfullt ut genom det immiga köksfönstret. Det var blåsigt och det hade blivit ett bakslag i vädret. Det var återigen snöigt och minusgrader. Mandi hade på sig varma stickade yllestrumpor över nylonstrumpbyxorna med en kjol över. Hon hade en grovstickad kofta över sig i ull som värmde ordentligt. Trots det var hon småfrusen. Hon huttrade till trots att hon hade hällt i sig flera muggar te för att hålla värmen. Lilla Mauno springer in med en smörgås i handen. Mandi tittade lite irriterat på honom. Den rena tröjan han tog på sig imorse var alldeles kladdig av smörgåsen men det var inte tal om att byta tröja än. "Han får gott ha tröjan några dagar till innan nästa byte".

Idag var det tvättdag och flickorna hjälpte Mandi med jobbet. I köket kokade vattnet i stora kastruller. De var fulla med lakan och underkläder. Kläderna log i stora baljor där de fick ligga i blöt i några timmar. Sen gick man ner till bryggan och sköljde dem rena i det iskalla sjövattnet. Flickorna pratade och skrattade under tiden de tvättade och Mandi kände sig alldeles varm av kärlek till sina systrar.

Vädret blev allt varmare och våren närmade sig med storm-steg. Det ringde i telefonen. Mandi stelnade till och pappa rusade fram till telefonen i storstugan.

"Hallå!" säger han med en bestämd röst

"Hej! Jag heter Olavi och är Impis läkare" och sen blev det tyst i luren.

Iikka blev alldeles kall och han tolkade tystnaden som olycksbådande.

"Vi lyckades tyvärr inte stoppa blödningen" säger han till slut. Han harklade sig lite. "Vi gjorde allt vi kunde men det gick inte att rädda henne. Hon avled för mindre än en timma sen."

Sen svartnade det för Iikka.

15

Käylä, 1963

Mandi tittade på babyn och tänkte tillbaka på morgonen. Hon kände sig bekymrad. Hon hade fått rusa ut och kasta upp efter frukosten vilket var ovanligt för henne. Hon kände igen symptomen allt för väl från sin mor. Illamåendet på morgonen, kväljningarna som kommer när man känner matos och den dåliga mataptiten. "Undrar vad pappa kommer säga." tänkte hon oroligt. Hon kunde inte fatta att ett liv växte i hennes mage. Tänk att det bara skulle skilja sig ett år mellan Asko och hennes barn. Det är helt fantastiskt. Hennes mor hade varit överlycklig. "Om hon ändå fanns här". Samtidigt kände hon glädje över att bli mor för första gången och kunna ge sin make ett barn. Hon smekte över sin mage och log. Den lilla bulan var lätt att dölja men snart måste hon berätta för Veikko.

Veikko kom in i den lilla stugan. Han la sin keps på kroken sen hämtade han en kopp kaffe och satte sig vid det lilla köksbordet med fyra små stolar.

"Snart får det sluta att regna. Annars blir det ingen skörd"

Mandi tittade på honom. Kärleksfullt.

"Hur mår du. Du har sett lite blek ut sista tiden" frågade han oroligt.

"Vi mår bara bra" sa hon och strök sig runt magen.

Han stannade upp och tittade på henne.

"Vi? Menar du att du är gravid?"

Hennes stora leende sa allt. Han kramade om henne. Länge. Det var den bästa nyheten på länge. De skulle bli en familj.

Mandi vaknade alldeles sömndrucken. Hon satte sig långsamt på sängkanten. Magen var stor och nattlinnet kändes för litet. Då kommer en rejäl spark. Hon smekte magen och kände ännu en spark. Hon gäspade stort och kände sig hungrig. "Det är en riktig vilding jag har i magen" tänkte hon och log. Veikko hade åkt till jobbet för länge sen. Mandi huttrade till och gick långsamt över det gamla trägolvet och slängde på lite mer ved i den lilla kaminen för att hålla igång värmen. Det lilla rummet var litet men det räckte gott och väl för dem två. De hade blommig tapet hon älskade. I fönstren hängde vita spetsgardiner och släppte in ordentligt med ljus på dagarna. Hon kände sig ledsen igen. Hon tänkte på sin mor. Begravningen hade varit tung för dem alla. De var lite trasiga inombords nu när Impi var borta. De minsta barnen hade fått stanna hemma från begravningen. Det var onödigt att spä på sorgen ytterligare för dem.

"Impi". Hon dog ung, fyrtiotre år. Alldeles för tidigt. Impis föräldrar hade varit förkrossade när deras dotter gick bort. Ett barn ska inte gå bort före sina föräldrar. Men det hände alltför ofta på den här tiden. Det senaste året hade varit jobbigt för hela familjen i Ollila. Inte minst för hennes far. Mandi var orolig för honom. På hösten dog även Mandis lillebror, endast sexton år gammal. Han fick en hjärnblödning och trolig orsak var att hade gått ut utan mössa i kylan. "Galenskap att inte ha mössa på sig". Männens frisyrer var bakåtkammade och hölls på plats med brylkrämer och skulle förstöras om man tog på sig en huvudbonad.

Far slet varje dag och hon såg att han inte mådde bra av sin situation. Hon hjälpte till på Ollila och var borta allt mer hemifrån. Hon såg inte sin man på flera veckor. Mitt i allt bedrövelse kände hon ändå lite hopp inför deras första barn. Hon låg brett. Kanske kommer det ge dem lite ro i tillvaron. Hon tittade ner på sin stickning. Det var en ljusgul sparkdräkt. "Ljuvlig". Hon reste sig upp och tvättade av sitt ansikte med det ljumna vattnet i baljan. Veikko hade varit snäll och burit in vatten från brunnen. Han var väldigt snäll och omtänksam. Men han grubblade ofta och var lite rastlös av sig tänkte hon vidare. Han verkade inte sova tillräckligt på nätterna heller. Han kom hem sent från jobbet varje dag. Hon hällde upp en kopp te och tog en liten skorpa till. Det fanns mycket att oro sig över. Hur skulle de ha råd att bygga ett eget hus i framtiden? Eller skulle de bo kvar i denna lilla rum länge till? Hennes familj var inte rik och Veikkos familjeföretag kunde de inte ta ut några större pengar ur. Hon förstod att de måste komma på någonting snart. Här kunde de inte bo länge till om familjen skulle växa.

Veikko körde sin vanliga rutt till Salla. Byn var väldigt liten och det fanns bara en lanthandel och ett kafé i centrum. Han låste bussen och gick bort till kafet för att vänta på nästa pass. Här kunde han slå ihjäl ett par timmar innan han skulle åka tillbaka. Han hade känt av sin vanliga rastlöshet. Han kände sig allt mer uttråkad av den dagliga turen. Hur länge till skulle han stå ut med det? Han vill ha en utmaning. Han öppnade dörren och gick in med bestämda steg och tog sin gamla plats i hörnet. Det var långbänkar längs väggen och han satte sig bekvämt på den stoppade bänken.

"Goddag Ida. Jag tar det vanliga" sa han till den unga servitrisen och log brett.

"Tack Veikko! Ett ögonblick" sa hon och sprang iväg för att göra iordning en rejäl korvsmörgås, kaffe och en pilsner.

Efter en stund var det fullpackat i kaféet. Här trivs Veikko som mest. När han kan ta en pilsner med sina vänner och prata om allt mellan himmel och jord.

"Ja vad ska du göra i framtiden när din far inte finns mer Veikko" frågade Reijo och tittade Veikko i ögonen.

"Vad menar du? Jag vet att han är sjuk och kanske inte kommer vara med oss länge till. Vi får väl jobba kvar i åkeriet som vanligt. Jag vet att Benjam kommer att ärva åkeriet efter far som förstfödd" svarade han med bister min.

Han hade tänkt på det här många gånger. Ett barn var på väg och han måste fundera allvarligt på deras framtid. Han hade börjat tröttna på att åka den här rutten fram och tillbaka till Salla. Kanske ska han prova på ett annat yrke? Han suckade. Han hade ingen riktig utbildning. Men något med bilar kändes lockande. Kanske skulle de flytta till Uleåborg där han och ta sig ett jobb inom industrin. Han kände av bördan som familjefar och försörjare.

"Kommer du ihåg Eero Kallunki" frågade Reijo igen. "Han flyttade till Sverige för några månader sedan."

"Sverige" frågade Veikko. "Vad gör han i Sverige? "

"De har brist på arbetare inom industrin. Han fick bostad och jobb och tjänar hyggligt med pengar. Det finns både rinnande vatten och elektricitet i lägenheten. Han skrattade till. Det finns även toalett och kök. Tänk rinnande vatten! Det låter väl fantastiskt!"

"Det låter helt otroligt. Men kommer han verkligen trivas i en storstad? Det känns väl bara instängd där" sa Veikko med en fundersam blick.

"Nej det finns massor att göra efter jobbet. De brukar gå ut och dansa och äta på restaurang. Det finns det gott om där borta i Göteborg. Vädret är även milt och det är varmt och soligt långt in på hösten vid västkusten. På kvällen åker de till havet och badar och solar. Det finns stora företag som Volvo som tillverkar bilar och de skriker efter arbetare!"

"Nu får jag skynda mig iväg, nästa pass kallar" sa Veikko och tog på sig sin keps och skyndade ut till bussen.

Passagerarna stod redan tålmodigt i kö för att stiga ombord. Det lät intressant och tålde att tänkas på tänkte Veikko. Kanske är det här svaret på hans frågor. I Sverige finns jobb och chansen att tjäna mycket mer pengar än i familjeföretaget. Dessutom var det lätt att få ett boende med. Det här måste jag prata med Mandi om tänkte han och kände sig lite gladare igen när han satte sig till rätta i sätet och gjorde sig redo för att ta emot passagerare.

Förlossningen gick bra och de fick ett fint gossebarn som fick namnet Heikki. Han hade en blond kalufs och blåa ögon. Barnet kunde inte kommit mer lägligt och han skänkte glädje till familjen som även smittade av sig på de andra barnen i Ollila. Den gränslösa sorgen byttes sakta ut mot hopp för familjen i Ollila. Det var bara Iikka som gick runt som ett vandrande spöke. Ingenting kunde få honom på gott humör igen. Senare på hösten dog även Mandis mormor, troligen av sorg.

Veikko brukade umgås med Ari som var Mandis lillebror. Han var den pratsamma av bröderna och brukade berätta de mest fantastiska historierna. Alla visste att han överdrev en hel del. De hyste lite hatkärlek till varandra. Veikko minns en dag när han hade sovit över i Ollila och letade efter sina fina nya byxor. Han kunde för allt i världen inte hitta dom. Långt senare fick han reda på att Ari hade tagit byxorna i smyg och sålt dem för en liten slant. Veikko hade blivit ursinnig på Ari. Veikko berättade ofta historien om och om igen, högt skrattande som ett kärt minne.

16

Käyla, 1966

Pekkeri hade varit sängliggande i många år. Hans söner arbetade långa dagar och försörjde hela familjen. Aina skötte om Pekkeri i Käylä men han blev allt sämre och Aina kände på sig att något inte var som det skulle. Han åt allt mindre och gick ner allt mer i vikt. Hon gick tyst in i sovrummet. Hon vill väcka honom försiktigt.

"God morgon min älskade" säger hon med mjuk röst.

Hon fick inget svar. Hon går fram och ruskar på honom. Försiktigt. Inget svar. Hon tar sig för munnen för att kväva sitt skrik. Pekkeri hade dött stilla i sömnen.

Nu var hon helt ensam. Hennes barn var vuxna och klarade sig själva och deras åkeri gick bra. De hade köpt in fler bussar. Aina var för första gången fri att göra vad hon vill. Hon satt vid köksbordet och kände sig ensam. Alla hennes barn hade egna familjer nu. Hon hade ingen. Förutom sin tro och församlingen. Hon hade ärvt en del skog och pengar efter sin man och ägnade mer tid åt sin tro. Hon kom att bli djupt kristen och fick många vänner i församlingen. Aina kommer de närmaste åren att resa runt till olika platser i hela världen som Arizona i USA och även Jerusalem.

Benjam som är äldst ärvde åkeriet. Veikko vet att han inte kan fortsätta att åka samma rutt och tjäna pengar som bara räcker till lite mat och kläder för familjen. Allt fler familjer flyttar nu till Sverige där de lockas av hygglig inkomst, jobb och fina lägenheter. Han börjar nu på allvar att fundera på att flytta till Göteborg och pröva lyckan där i stället.

"Mandi, min älskade. Vad säger du om att flytta till Sverige" frågade han rakt ut under middagen.

Mandi tittar på honom med stora ögon. Han ser allvarlig ut och verkade inte skämta. De hade bott i den här lilla lägenheten ett tag nu. Veikko ärvde sin lott som blev en del av skogen som gick ända till sjön med en strandtomt. Men de hade inte tillräckligt med pengar för att bygga ett eget hus.

"Ja min bror Ari nämnde Göteborg. Han sa att det är en fin stad vid havet. Kanske ska vi flytta dit? Ari tänker flytta dit med Marta och jobba ett tag"

Veikko funderade en lång stund.

"Tror du inte jag ska flytta dit först" frågade han med ett leende på läpparna. "Jag kan bo tillsammans med Ari för att hålla ner kostnader. Sen skickar jag pengar varje månad till dig. Tänk vad mycket pengar jag kommer att tjäna! Om allt är bra kan ni flytta ner. Efterhand?"

Han såg lycklig ut för första gången på länge. Det är bra att undersöka stället först innan hela familjen flyttade ner. Hon hade sett allt för många som hade flyttat tillbaka för att de inte trivdes och kände sig hemma. De hade problem att lära sig språket och hemlängtan hade till slut blivit för stor. De hade blivit retade för sin finska brytning och sin "bonniga" utseende. Folk hade till och med ropat "finnjävlar" efter dem. Det här oroade Mandi. Hon tänkte på barnen. Hon vill inte att de ska bli retade i skolan. Men samtidigt var det lockande att flytta till en stor stad. De hörde talas om nöjesfältet "Liseberg", affärer som "IKEA" och "H&M" och massor av restauranger. Sen fanns havet där. "Havet" tänkte hon. Staden var vacker och allt var rent och fint. Även lägenheterna var helt nybyggda och allt var skinande nytt och modernt. Elvärme gjorde att det var varmt året om. Barnen behöver inte frysa längre. Hon log. Barnen skulle få en framtid. Det låg inom räckhåll. En bra framtid. Sen fanns det gott om jobb och man tjänade mycket pengar. De var unga och snabblärda. Allt verkade mycket bättre där borta i Göteborg.

"Vad säger du min älskade" frågade han ömt och kramade hennes hand. Han såg väldigt entusiastisk. Han kanske behöver en utmaning och komma ifrån allting. Framför allt nu när hans älskade far hade gått bort.

"Ja sa hon till slut. Men vi får fundera lite till på alla detaljer bara."

Mandi var försiktig med nästan alla beslut, även nu. Veikko var den som var mer äventyrlig och drivande i familjen. Hon visste att han även var impulsiv och att hon måste hejda honom.

Det ringer i telefonen i hallen. Mandi plockade snabbt upp luren.

"Hallå"sa hon bestämt.

"Hej det är Ari. Jag vet inte hur jag ska säga det här" säger han tyst och med bruten röst. Det blev tyst en lång stund och sen harklade han sig till slut. "Jag hittade pappa död i sin säng i morse."

Hon hörde orden men innebörden var för hemsk. Sakta men säkert gick orden in. Till slut kippade hon efter andan. Det var som att allt syre tog slut i rummet. I ett slag. Mandi tappade luren i golvet och kommer inte ihåg någonting efter det utan glider in i ett svart töcken.

Ari hade gått in i sovrummet och hittat sin far, död i sin säng. Splittret hade till slut trängt in i hans hjärta under natten. Enligt läkaren hade det varit en snabb och smärtfri död. Antagligen i sömnen. Men det säger de alltid. "Snabb död" tänkte Mandi och suckade. Ännu en gång drabbades familjen i Ollila av en stor förlust. Hela familjen var i stor sorg. Igen. Nu måste de hålla ihop. Det var mer viktigt nu än någonsin för dem. Det ofattbara hade hänt. Deras far var borta. Familjeförsörjaren. Båda föräldrarna hade gått bort innan femtio års åldern. Att mista sin största trygghet. Föräldrarna. Framtiden såg onekligen mörk ut.

Mandi kände sig ledsen och uppgiven. Hon sneglade sig i spegeln och hoppade till lite. Hennes ansikte var blekt och ögonen röda efter allt gråtande. Hon vände snabbt bort blicken. Ville inte se. Hon kände sig matt och allt kändes hopplöst. Frågorna snurrade i hennes huvud och hon kunde inte tänka klart. Hon orkade inte ens sörja. Det fanns viktigare saker att ta i tu med. Hennes småsyskon. Hon tittade på sina systrar och bröder. Hela hon fylldes av kärlek när hon tittade på dem. De var som hennes egna barn. Hon hjälpte dem med läxorna eller tröstade när någon var ledsen. Men nu kände hon sig rådvill. Hon visste inte hur de skulle hålla ihop den stora familjen. Det kändes som en övermäktig uppgift. Hon var även gravid igen. Mandi tittade på sin bror Urpo. Han var fyra år yngre och näst äldst. Han var klok och hade ofta en lösning på alla problem. Men han var även den snällaste tänkte Mandi. De satt i storstugan i Ollila och drack kaffe vid det stora träbordet. Den var hemsnickrad av ek och väldigt gammal. Den hade blivit övermålad flera gånger genom åren. Man kunde se lite blått och lite brunt på de skavda delarna.

Urpo öppnade ett brev och stelnar till när han läser den. Han tittar allvarligt på Mandi efter en stund och slänger argt iväg brevet på bordet. Den glider iväg någon meter på den lackade ytan.

"Vad är det" frågade Mandi med en bekymrad röst.

"Nu vill de splittra vår familj! De vill hitta nya familjer som kan ta hand om barnen." Han var helt förtvivlad. "Vad ska vi göra?"

Mandi var bara tyst. Hon kände sig chockad av beskedet.

"Men kan de göra så? Vi måste försöka hålla ihop hela familjen. Vi är i alla fall vuxna och kan ta det ansvaret. Det måste gå" sa hon upprört.

"Ja, annars finns det en risk att myndigheterna adopterar bort alla våra syskon" sa han uppgivet och var på väg att brista ut i gråt. Han lyckades samla sig och blev åter allvarlig.

"Risken är att dem skickas över hela världen och då kommer vi aldrig mer att träffas igen. Det här kommer splittra vår familj för gott" sa han och blev tyst.

"Vi får försöka turas om att ta hand om de minsta så gott det går sa han till slut lugnt. Om de märker att vi kan ta hand om barnen kanske vi kan hålla ihop vår familj."

"Vi har inget val! Vi måste försöka i alla fall" sa Mandi och försökte låta lite hoppfull mitt i all förtvivlan.

Bli av med alla sina småsyskon. Nej det får inte hända. De var som hennes barn. Hon kände hur tårarna rann. Hon vågade inte tänka tanken.

De hör en bil som är på väg uppför den branta backen. Det tar flera minuter att krypköra längs den slingriga vägen upp till huset. Den är lite ojämn och man måste köra försiktigt för att den inte ska slå i någon stor sten. Efter en stund skymtar de en vit Volvo Amazon. Bilen stannar strax utanför huset och en man i trenchcoat och hatt hoppar ut och knackar bestämt på ytterdörren. Färgen på dörren har flagnat av och ropar desperat efter en ny omgång färg. Mandi rusar upp, torkar tårarna och rättar till sin frisyr innan hon försiktigt öppnar dörren.

"Vad gäller det" frågade hon försynt.

"Hej! Jag heter Pauli och är från posten." Han räckte fram sin hand för att hälsa. Mandi hälsade.

"Hej, Toimi heter jag" sa journalisten med en bestämd röst och log allt vad han kunde.

Han hade vattenkammat hår och en beige jacka på sig och såg ungdomlig ut.

"Är det ok om jag tar några foton och skriver en liten artikel om er familj? Det är en väldigt spännande story som många vill ta del av."

Mandi funderade. Varför vill de skriva om dem? Och vad ska de fråga dem om?

"Jadå det ska väl gå bra."

Urpo står bakom Mandi och ser ut som en fågelholk. De hade aldrig sett en journalist förr och de kände sig båda lite blyga och förlägna över situationen.

"Du får nog prata med min bror Urpo."

Mandi tänkte inte prata med journalisten för allt i världen. Hon skulle inte få fram ett ord. "Nej det är bättre att Urpo tar det." Hon kände hur hennes kinder blossade upp bara av tanken att prata med journalisten.

"Självklart går det bra" säger Urpo med ett brett leende och hela han utstrålade en självsäkerhet och pondus man bara kan få av att vara ett av de äldre syskonen. Han var trots allt den som måste axla rollen som fadern i huset.

"Det är paket från USA med kläder och leksaker till er familj. För det här är väl Ollila?"

Är det något den här familjen behövde så var det en glad nyhet. Inte minst de små barnen. De behöver verkligen muntras upp och tänka på något annat.

"Vad säger ni. Från USA" frågade Mandi och såg ut som ett frågetecken. Hon förstod ingenting.

"Ja du har kommit rätt" inflikade Urpo snabbt.

"Nyheten om familjen med sexton barn som hastigt blivit föräldralösa har spridits ända till USA. Finländare i USA hade arrangerat en insamling där människor hade skänkt kläder och leksaker till er! Om en stund kommer det en fullastad skåpbil. Han borde vara här när som helst. Är det inte helt fantastiskt" frågade han glatt.

Mandi och Urpo tittade på varandra med stora ögon och sen skrattade samtidigt åt den otroliga nyheten.

Alla småbarnen hade nu samlat sig på gårdsplanen och väntade förväntansfullt på bilen. Barnen gick runt och frågade nyfiket. "Vad är det för paket? Till oss? Ända från USA? Är vi kända nu?"

När den vita skåpbilen till slut kommer åkande upp på gårdsplanen är det som på julafton. Alla barnen rusade skrattande fram till bilen. Chauffören hoppade ut och skrattade överraskat åt synen. Han kände sig som jultomten när han möttes av de överlyckliga barnen. Barnen får varma kläder och leksaker i överflöd. För ett ögonblick glömde de av det hemska som hade inträffat och de fick vara barn igen. Det tindrade i de minsta barnens ögon när de höll sina nallebjörnar och flickorna var överlycklig över sina fina dockor. De större pojkarna Heikki, Asko och Jouni brummade runt med sina fina leksaksbilar. De stora barnen beundrade sina fina kläder. De hade aldrig sett något liknande. Det var det senaste modet från USA. Det fanns byxor, strumpor, cardigans, fina klänningar och vinter och sommarkappor med både stövlar och skor. Flickorna slängde sig förtjusta över de vackra klänningarna som de beundrade med stora ögon. Det är de finaste kläderna de någonsin hade sett. De större barnen fick även gitarrer och tågbanor att leka med. Leksaker var något som bara de rikaste familjerna hade råd med på den här tiden. Nyheten hade även berört människorna i Kuusamo. Mataffären skänkte dem matkassor regelbundet och familjen fick tid att komma på fötter igen. Journalisten spenderade en hel dag hemma hos dem. Det blev en lång artikel i tidningen över händelsen. Bilderna visade lekande, glada barn med sina fina leksaker och artikeln fick igång ännu fler insamlingar i Finland.

Folk skänkte mat och kläder till familjen och det gick ingen nöd på dem i första taget.

Mandi tittade på Urpo.

"Kanske kan vi klara av det här ändå" sa hon hoppfullt

"Ja det verkar så. Myndigheterna säger att vi kommer få en chans till" sa Urpo med ett litet leende på läpparna.

Familjen i Ollila lyckades hålla ihop och det är bara ett barn, lilla Eero, som flyttade till en fosterfamilj i Schweiz. De fick även hjälp av Mandis släktingar. Livet gick vidare. Det är torftigt men de har varandra och det är viktigare än pengar och materiella saker.

Ett år efteråt kommer Mandis och Veikkos andra son Ismo. Han var en välmående pojke och de kände sig lyckligt lottade över sina pojkar.

Veikko står på gårdsplanen i Lampela och väntar på Mandis syskon Ari och Marta. De ska flytta till Göteborg och arbeta där i något år och om allt går bra flyttar hela familjen ner. Veikko och Ari hade fått arbete på Papyrus, ett pappersföretag, som ligger i Mölndal och Marta skulle arbeta på ett kafé inne i centrala Göteborg. De skulle hyra en lägenhet tillsammans för att få ner kostnaden den första tiden. Det var en fyra rummare på Briljantgatan i Frölunda torg nära havet. De skulle ta bussen till jobbet första tiden och kanske köpa en bil så småningom. Lägenhetskomplexet är vitt och nybyggt med modernt badrum och kök. Det var lyx för dem. De var vana vid att hämta vatten från en brunn och förvara maten i en jordkällare. Mandis syster Anja skulle flytta till Malmö och prova lyckan. Mandi skulle stanna kvar med sina barn i Lampela. Tack och lov var hon inte ensam utan Ollis fru var även hemma med sina barn på dagarna. Sällskap skulle hon inte sakna. Hon skulle pendla mellan Ollila och Lampela. Hon kände sig nedstämd och hon skulle sakna sin man fruktansvärt mycket.

"Älskling nu måste jag åka snart" viskar Veikko ömt till henne.

"Jag vet. Det kommer vara tomt här utan dig." Hon vill inte titta honom i ögonen. Hon kommer att gråta. Dumma lipsill tänkte hon och bet sig i tungan.

"Jag kommer hem till sommaren igen. Jag får betald semester!" Han ser hoppfull ut.

"Jag längtar redan. Du får se till att ta hand om dig. Ät och sov ordentligt nu" sa hon och försökte låta bestämd.

"Älskling jag kommer skriva till dig så ofta jag kan och även skicka med lite pengar så ni klarar er. Du kan även köpa något fint till dig själv och pojkarna"

Veikko borrar in sitt huvud i hennes hår och kramar om henne länge.

"Ta nu hand om mina pojkar min älskade. Om något år kan ni flytta ner. Det kommer att ordna sig."

Han kramade om sina pojkar en och en och klev sen in i den fullastade lastbilen. Pojkarna skrattade och var obekymrade och förstod inte att pappa kommer vara borta ett tag. Han tittade en sista gång på gården med tårar i ögonen. Han visste att saknaden efter sin familj kommer att bli stor. Han kommer även sakna friheten, naturen och sina vänner. Men det värsta är att han inte får se sina pojkar växa upp eller får vara nära sin fru. Men det är bara i något år. Det kommer gå fort. Det var planen. Nu gäller det bara att hålla sig till den.

Mandi står vid vägkanten och vinkar med tårar i ögonen tills bilen försvinner i horisonten.

© 2023, Madeleine Finlöf
Förlag: BoD – Books on Demand, Stockholm, Sverige
Tryck: BoD – Books on Demand, Norderstedt, Tyskland
ISBN: 978-91-7785-420-3